再び挿入の構えに入った崎田は、素早く御厨の髪にタッチする。

「あっ、あああ――――ん」

またもやいつもより何倍も色っぽい声が上がった。

Super Sex TRA
LAQIA NOVELS

タイムアウト

剛しいら

この物語はフィクションであり、実在の人物・学校・事件等とは、いっさい関係ありません。

Contents

イラスト・やまねあやの

タイムアウト

ビジネス。

その言葉の意味を、北条《ほうじょう》商事の若き社長、北条潤一郎《じゅんいちろう》は考える。

三十という若さで、父の会社を受け継いだ。それほど大規模な会社ではないが、業績は悪くない。主に中南米で生産される商品を扱っているが、物によっては独自のルートを生かして他社を何歩もリードしていた。

最近では自社製品の開発にも力を入れている。代表的なヒット商品『タイムリミット』は、南米産のキノコを原料としたダイエット食品だが、現在ではテレビでコマーシャルを流せるほど人気がある。生産が追いつかず、工場は常にフル稼働状態だった。

これまでは都心のビルの二十四階と二十五階を借りていたが、さらにもう一階を借りる余力も出来てきた。地方支社も充実し、社員もそれに伴って増えている。

親族会社なので、株のほとんどは北条家が所有していた。このまま経営が順調にいけば、潤一郎が多少の贅沢をしたところで困るようなことはない。

けれどビジネスというものは、停滞することを許さない。常に先を見据えて、新たな挑戦を続けていかないと先細りになってしまう。

「ビジネスねぇ。僕にはどれだけの実力があるんだろう」

社長室の窓から、はるか下界を見下ろしていた潤一郎は、その美しい顔に僅かだが陰りを浮かべた。

いかに優秀な社員を揃えるか。それが経営者の仕事の一つだ。経営者が一人で何もかも出来るわけではない。思いつきを口にしただけで、手足となって働いてくれる社員が、すべてを最上の形で実現してくれるのが理想だ。

潤一郎は自分がとても恵まれていると知っている。

なぜなら最強に思えるスーパービジネスマン、葛西周太郎《かさいしゅうたろう》が営業部長を務めているからだ。葛西は愛する潤一郎のためなら、どんな危険も覚悟で海外に飛び出し、また過労死寸前の激務に耐えて、営業成績を伸ばそうと日々努力してくれるのだ。

「営業部長はまだ？」

潤一郎はデスクの上の洒落た電話に手を伸ばし、別室にいる秘書に尋ねる。

『まだお見えに…あっ、ただいま見えられました』

「そう、じゃ、すぐに通して」

潤一郎はネクタイを直し、髪に指を入れる。

いつだって葛西には、美しい自分を見て欲しい。そう思ってこっそりと努力をしていることなんて、仕事一筋の恋人は気付いてくれているだろうか。

美食家の潤一郎にとって、自社製品の『タイムリミット』はもっとも利用価値のある製品だ。

食前に飲めば満腹感が増幅されて、過食への歯止めとなる。さらにビフィズス菌が腸内の調子を整え、各種ビタミンが肌の活性化にも一役買ってくれるのだ。

潤一郎は肥満に悩む現代人にとって、実に理想的なダイエット補助食品だと、自社製品を自ら常用していた。お陰で最近は、太ることをあまり悩まなくてすむようになった。

油断すると太りやすい体質だというのは、父親を見ていてわかる。若い時は実にスマートでダンディだった父も、年齢とともにむくむくと太りだし、入院騒ぎとなって代表取締役の座を引退したのだ。

「お肌もつるつる」

思わず自分の頬に手を添えながら、潤一郎は微笑む。

「失礼します。営業部、葛西です」

葛西はドアを閉めると、直立不動の姿勢でデスクの前に立つ。

潤一郎はじっと葛西を見つめた。

今朝まで同じベッドに眠っていた。

葛西は潤一郎のために珈琲《コーヒー》を淹れてミルクを沸かし、最高においしいカフェラテを作ってくれたのだ。

二人ともバスローブ姿の、朝の光景が蘇る。

もちろんバスローブの下は裸だ。柔らかなコットンが素肌に触れる感触を思い出して、潤一郎は思わずぶるっと体を震わせた。

「社長、御用向きは何でしょうか？　私、これより厚生労働省に出向いて、医薬品扱いの製品についての認可について、詳しい説明を受けて来ないといけないのですが」

「周太郎が忙しいのは、今日に限ったことじゃない。君は、いつでも忙しいんだろ」

「ご理解いただけているようで恐縮です」

困った癖だった。あくまでも仕事の顔を崩さない葛西を見ていると、潤一郎はついいたずらをしたくなってしまう。

潤一郎は椅子から立ち上がり、葛西に近づいていった。

すると葛西の眉間にみるみる皺が寄る。

警戒しているのだ。

「葛西君、いいネクタイだね」

潤一郎はすっと手を出して、葛西のネクタイを引き出す。実は自分がプレゼントしたものなのだが、そんなことはおくびにも出さない。

「緩んでる」

ネクタイを直してやるふりをして、潤一郎は軽く自分の方に引っ張る。すると釣られて葛西の顔まで近づいてきた。

「潤一郎、よせ」

葛西の声は、一段と低くなった。

「ここでそんなことをしなくても、家ですればいいだろ」

「待てない…なんてね、分かってる。キスだけでいいよ。お利口に夜まで我慢するから」

潤一郎はさらにネクタイを引っ張って、葛西の顔を自分に近づけて唇を奪った。

熱心に舌まで入れている潤一郎に対して、葛西は義理で唇を開いている感じだ。

「そんなキスしかしてくれないと、いつまでも自由にしてあげないよ」

唇を離したものの、ネクタイは摑《つか》んだままで潤一郎は迫る。

「濃厚なやつをしたら、逆にしばらくこの部屋に閉じこめられることになるんだろ。いいか、潤一郎、公私の区別はしっかりとわきまえろ。毎晩、俺の体から貴重なエネルギーを搾《しぼ》り取ってるのに、それだけじゃ足りないのか」

「だって…」

可愛く拗《す》ねた表情を浮かべたつもりだったが、十八年も続いている関係だ。今さら葛西も簡単にほだされはしなかった。

「潤一郎がいい男なのは分かってる。惚れてもいるが、欠点はそれだ。よくあれだけ毎晩やってて、飽きないもんだ」

「それはしょうがないよ。僕だって商人の端くれだ」

「……？」

「あきない…なんてね」

葛西は大きくため息をついて、今度は逆に潤一郎を自ら抱き寄せ、激しく唇を奪った。

「ん――っ、んっ、んんっ」

潤一郎の手は、愛しげに葛西の体を抱くと、そのままゆっくりと背後の自分のデスクの上に倒れそうになった。

ところが力強い葛西の腕が、それを巧みに阻止してしまう。

ばっと勢いよく体を離すと、葛西はきりっとした真面目な顔になった。

「つまらない親父ギャグは、四十代の俺に合わせてくれたつもりか。悪いが潤一郎、これより営業部に戻りたいんだが」

「逃げ方もうまくなったね。まぁ、しょうがないか。いいよ、許してあげる。だけど今夜は早く帰ってきて」

「仕事の進行状況によって、帰社時間は大きく左右されます。私、厚生労働省に出向きたいんですが」

「ああ、そうだったね。その前に、ちょっと相談にのってくれ」

まだ何かあるのかと、葛西は怪訝そうな顔を向ける。

「総務の方から回ってきた。よくあるクレームだと思うんだが」

潤一郎は再び椅子に座ると、一通の封筒を葛西に差しだした。

「クレームですか？」

開封された封筒の中から、便箋を取り出す。ありふれたB5の紙に、ワープロの文字だった。

『タイムリミット』に対するクレームだ。

飲んでもちっとも痩せないという苦情がほとんどだ。

だが北条商事では、飲んだら確実に痩せるという言葉は、どこにも記載していない。

食欲を抑える効果のある、特殊なキノコが使われている。水と一緒に摂ることによって、体内で膨張するから、さらに過食をセーブする効果があるというのが売りだ。

ビフィズス菌で腸内の調子を整えるから、自然と便秘も治る。各種ビタミンが添加されているので、肌荒れにもいいとは効能に書いてはあるが、あくまでもこれを飲んだだけで痩せるとは書いていなかった。

使用していない商品に関しては、返金に応じている。けれど開封したものに関しては、返金はしないと最初から説明書に書いてある。こういった内容が箱を開封される前に目に着くところにあれば、大方のクレーマーは諦めるものだ。

お詫びの言葉を添えて返金するついでに、多少懐が痛むが、他の商品のサンプルなど出来るだけつけていた。それで機嫌を直すのがほとんどで、それ以上にもめたことはない。

電話でクレームに対応する時は、言葉遣いの丁寧な女性、男性、両方のスタッフを用意していた。

彼等はプロだ。謝り方も実にうまい。

こんな気配りもすべて、葛西の発案によるものだ。

「社長」

「んっ？」

「お顔を…」

「なぁに？」

潤一郎は顔を心持ち葛西に近づける。すると葛西は、いきなり潤一郎の頭をごつんと殴った。

「いった——っい、し、周太郎、な、何で、僕は社長だよ。頭をいきなり殴るなんてひどいじゃないかっ」

頭を抱えながら、潤一郎は涙目で抗議する。

「キスなんてしている場合じゃないだろうがっ。内容にちゃんと目を通したのかっ！」

「よ、読んだけど…」

「通常のクレームと明らかに違う。どうして先にこれを見せないんだ」

「だ、だって、通常のクレームがどんなものか知らないし…」

「……そうか、知らないのか。だったら勉強しろ。仮にも代表取締役なんだろ」

葛西がなぜいきなり怒り出したのか、潤一郎にはどうしても分からない。仕方なく怖々と手を伸ばして、もう一度その手紙を見せてくれと示した。

「ど、どこが違うんだろう？」

「ここに書かれている文字や記号がお分かりになりますか？」

社員モードに戻った葛西は、手紙の中の一部を指で示す。

「分かるが、それがどういう意味でクレームに繋がってるのか、説明して欲しくて周太郎、いや、営業部長を呼んだんじゃないか」

「それでは社長、説明させていただきます。ここに書かれているのは、勝手に弊社の『タイムリミット』を化学分析した結果、日本の薬事法で違反となっている、麻薬に該当する成分が混入されているということです。ただちに生産販売を中止しなければ、マスコミにこのデータを流すと言ってますが」

「麻薬？　嘘だろ」

潤一郎は実は丁寧に内容を読んでいなかった。訴訟の文字が真っ先に入ったので、それを相談するという口実で葛西を呼び出したかっただけだ。

さすがに潤一郎も、葛西に殴られた意味が分かった。

確かにこれは大事だ。

「『タイムリミット』の主成分であるキノコに、マジックマッシュルームと呼ばれる、幻覚をもたらすキノコと同じ、サイロシビンが含まれているということです。であるから、『タイムリミット』には習慣性があり、常用すればいずれは廃人になると」

「嘘だっ！　ちゃんとした医学博士が、成分分析してくれているんだよ。何も問題はないって言ってたじゃないか」

「開発時にはマジックマッシュルームは、法規制の対象外だったんです。しかしサイロシビンが含まれている可能性があると指摘されたからには、もう一度再調査が必要でしょう。検査をして検出されたと書いてありますが、うちの検査結果ででなければ、とんでもない捏造《ねつぞう》ですよ」

潤一郎の顔は青ざめる。『タイムリミット』に続くヒット商品が出ない限り、主力商品が売れなくなったら会社の経営そのものに影響が出てしまう。

もちろん『タイムリミット』だけを扱っているわけではない。珈琲豆やアルパカの糸、熱帯魚にタコスソースと、様々なものを扱っているが、それらが生み出す利潤に比べて、やはり自社製品の売り上げははるかに大きい。

商社とはいえ、ただ物を右から左に動かしているだけの時代は終わった。開発し、生産し、販売する力が必要なのだ。

「葛西…君。もしそのサイロ何とかが…」

「サイロシビン」

「そう、サイロシビンが検出されたらどうなるんだ。『タイムリミット』が売れなくなるってこと？　キノコを栽培するために、特別な工場まで作ったというのに…」

「そうならないように、最善の努力をします。まずはもう一度、成分表を出しましょう。もちろんサイロシビンなどの麻薬成分が含まれていないか確認し、なければ逆に、この告発者を業務妨害で告訴します」

いつになく葛西の怒りは、早くに燃え上がっているようだ。

「相手は、誰？」

潤一郎は封筒の裏の差出人の名前を見た。するとそこには女性だと思わせる名前が、あまりうまくない筆跡で書き込まれていた。

「女性か…どういう職業の人だろう。分析結果まで出せるくらいだから、そういった関係の人かな」

「さあ…ただ気を付けないといけないのは…社長、ここのところ目立ってますから、それで余計なものまで引き寄せたのかもしれません」

「目立つって…」

経済誌のインタビューを受けた。それと若社長の素顔とかいうテレビ番組で、五分ほど出演したこともある。

それもこれも、自社の製品を売っていくためだと潤一郎は信じていたし、葛西もあえて反対はしなかったのだ。

「マスコミに出たのがまずかったかな」

「独身、年は三十、高身長、高学歴、高収入。顔はこの通りで、派手好き、遊び好き」

「周太郎、気を使ってくれたのかもしれないけど、僕、もう三十一…」

「だから、何なんです。ともかく、世の中の女性にとっちゃ、社長はセレブへの最短距離をエスコートしてくれる、おいしいそうな王子様に見えますからね。中にはおかしな目的で寄ってくるのもいるでしょう。気をつけないと」

「心配してくれるんだ。でも安心していいよ。僕にとって大切な人は…周太郎だけ」

葛西は大きく咳払いすると、潤一郎の前にあった手紙を再び手にした。

「それではこれを一応預からせていただきます。コピーを取って、分析機関に参考資料として持っていきますので」

「僕も一緒に行こうか？」

「いえ、余計に時間がかかります。ここはお任せください」

「分かった。それじゃ報告は夜だね」

潤一郎は潤んだ魅力的な瞳で見つめたつもりだったが、葛西の足はもうドアに向かっていた。

葛西は社長室を出ると、走るような足取りで営業部に向かう。第一営業部とプレートに書かれた営業部の中は、すでに営業の社員はほとんど出払い閑散としていた。

残った数人は、葛西の姿を見つけた途端にしゃんと背筋を伸ばす。パソコンの画面に向かっていた社員のキーボードを打つ速度は速くなり、電話をかけていた社員の声は一段と大きくなっていた。

その中、悠然とマイペースで仕事をしているやつがいる。その容姿はどこか葛西にも似ていて、長身でがたいのいいところまでそっくりだった。

「崎田《さきた》、今日の予定は」

葛西は迷わずにその社員、崎田南平《なんぺい》の側に近づきいきなり切りだした。

「はい。筧《かけい》研究所に、サンプルの分析結果を訊きに行ってきます。部長は厚生労働省ですか」

「ああ、一つ、頼みがある。『タイムリミット』の一番製造日の新しいのを持っていって、至急、再調査を依頼してくれ」

「『タイムリミット』ですか？」

何も言わずに、葛西は崎田の前に例の手紙を置いた。崎田は葛西の親戚だ。その関係でもっとも信頼の出来る営業の社員だと思っている。

崎田は黙ってその手紙を読んだ。一見すると軽そうに見える若者だが、意外に中身はしっかりしている。こういった文面の内容を、周囲にいる人間に気付かせるようなへまはしなかった。

「部長、自分、午後の便で御厨《みくりや》を迎えに行くことになっているんですが、あれでしたら、一日、いや二日延ばしましょうか」

この文面がかなり面倒なものだと、崎田は瞬時に想像力を働かせたのだろう。

「そこまでしなくていい。コピーを取って、こっちはおいといてくれ。厚生労働省の帰りに、弁護士のところに寄るから」

「そうですか。明日の夜には、成田《なりた》に戻れます。何か火急の用事がある時は、いつでもおっしゃってください」

「まずは結果が出てからだ。崎田…どう思う？」

「初期の頃に生産したものに関しては、別物が少数混じっていた可能性は否定出来ませんが、今の工場で作っているものに関しては、ありえないってのが本音です」

葛西はその言葉に、うんうんと頷く。

メキシコで不思議なキノコを発見してきたのは御厨だ。営業部一、おかしなものにアンテナが反応する御厨は、現在もまたアンテナに従って東南アジアの小国に飛んでいる。

『タイムリミット』によって社内に莫大な利益をもたらした御厨の、現在の肩書きは『営業部・商品開発課長』だ。同期入社の崎田より、一足早く出世して課長になったが、やっていることは以前と変わらない。相変わらずネットによる情報と、自分の勘だけで新製品となりそうなものを捜している。

だが御厨がどんなにこれは商品化したら売れると思っても、日本での法規制に引っかかるようなものは商品化出来ない。どうやったら商品化出来るか、お膳立てしてやるのが営業部の大切な仕事の一つだった。

「部長、これは私見ですが、もしかして私怨《しえん》絡みとかじゃないですか？」

「俺も少しは考えたが、相手は女性だ。女性相手に、社長はトラブルを起こしたことは一度もない」

そりゃあ男絡みだったら、いろいろあるだろうと葛西にも想像はつく。今でこそ貞淑な恋人の姿勢を守っているが、ちょっと前まではかなり危なかった。おいしいものに目がない美食家の潤一郎は、下半身の方もなかなかの美食家だったのだ。

葛西は鷹揚《おうよう》な恋人だったから、潤一郎がよそでつまみ食いをしていても、自分が知らなければそれでいいくらいに思っていた。

けれどそんな甘やかしも、もう通用しない。

潤一郎は社長になってしまった。父親の影に隠れて、たいした仕事もせずに遊び歩いていた二十代の時とは違う。

今では北条商事の代表取締役なのだ。

経済誌にインタビュー記事が掲載され、テレビにも顔出しをしている。おかしなことをしてスキャンダルまみれになって欲しくはない。

「これですまないと思いますよ。金の話が一行も書いてないです。恐らくこれから、これを公表しない代わりにいくら振り込めとか出てくるんでしょう」

「だろうな」

それは葛西も考えていた。

マスコミにも顔を出し、華やかさを振りまいていた潤一郎だ。当然金はあると思われている。脅せばいくらか搾り取れると狙われたのだ。

最初からあからさまに金の話をしないのも、相手がプロのようで不気味だ。

プロだとしたら、こちらも完璧な対策を練らないといけない。

「それより部長」

崎田は素早く手紙をファイルに挟み込み、コピーを誰か使っていないか確認しながら、葛西に心持ち体を近づけて言った。

「御厨がまた大当たりを摑んだみたいです。筧博士の検査結果が楽しみなんですよ。国内で問題なく製品化出来るといいんですが」

「製品化して市場に乗せるまで、少なくとも半年はかかる…」

葛西はため息をついた。

その半年の間に、『タイムリミット』はマジックマッシュルームを使用していると、あらぬ風評被害を受けたら大問題だ。『タイムリミット』に続く、大ヒット商品になる筈のものまで売り上げに影響してしまう。

葛西としては、ここは何としても告発者を黙らせるしかない。

「御厨はどうしてる？　元気そうか？」

暗くなりがちの思いを引き上げるように、葛西は今はここにいない御厨の名前を出した。

「元気ですよ。あいつは南米とか、東南アジアとか、暑いところが好きみたいです」

「いや、暑いってだけじゃなく、現地の人間ののんびりしているところがいいんだろう。ネットにどっぷり浸かってるあいつからみたら、生身の人間を感じさせてくれるのは、せかせかしていない国の人達なのさ」

崎田の肩に手を置くと、葛西は軽く叩いた。

「御厨は北条商事の貴重なレーダーだ。まさかあのほっそりとした体で可愛い顔した男に、こんな才能があったなんて思わなかったな。崎田も疲れていると思うが、どうか無事に日本に連れ帰ってくれ」

「任せてください。明後日には、御厨の元気な声で現地の報告が聞けると思います」

二人はそこで同時に動き出す。

姿勢良く早足で歩く姿まで、まるで親子か兄弟のように似ていた。

国際空港から、小型の飛行機に乗り換える。眼下に続くのは広い湿地帯と森ばかりだ。

崎田はジーンズにTシャツというラフなスタイルで、せまい座席に窮屈そうに座っていた。

もうしばらくしたら、御厨に会える。崎田にとって御厨は最愛の男だが、同じように思われているかというと自信がない。

御厨は小柄な体と愛くるしい顔立ちに似合わない、実にタフな男だ。

言葉も満足に通じないというのに、平気で未開の地にまで足を運んでしまう。現地で目当てのものを手に入れるまでは、何ヶ月日本に戻れなくても、文句を言うことはなかった。

パソコンさえあれば、どこでも生きていけるさなんて平然と言うが、それが崎田には面白くない。たとえ嘘でもいいから、南平のいないところじゃ生きていけないくらいいやがれと思ってしまうのだ。

どうして御厨があんなに仕事熱心なのか、分からないこともない。御厨は一度、常務に乗せられて、葛西を裏切ろうとしたことがあったのだ。

その失点をどこかで埋めようと、必死になって働いている。

常務はその後退職した。

空席になったその地位に、当然、葛西が上るものだと社内の全員が思っていた。

なのに葛西は、相変わらず営業部長のままで、社内狭しとばかりに駆けずり回っている。

常務の椅子は空席のままだ。副社長だった潤一郎が社長となり、専務が副社長になった。その後専務は、他社から招聘《しょうへい》された元の社長の友人だった男が務めている。

誰が見ても、北条商事は潤一郎と葛西の会社だ。

もっと若々しい人事にしたいところだろうが、葛西がその地位をどかない限り、上がつかえている。そうそう営業部長の座を明け渡すつもりはないようだが、崎田としてもここはさっさと上に行って欲しいところだ。

そうしないと営業部で、いつまでも平社員でいないといけない。一足早く、課長になってしまった御厨と肩を並べられないままでは、崎田の男としてのプライドが許さなかった。

飛行機は危なげな飛行の末に、よたよたと飛行場とも呼べないような空き地に着陸した。

「このフライトで生きてることを、神様に感謝だな」

シートベルトを外しながら、崎田は目の前で十字を切った。

降りる人は少ない。乗客の数よりも、荷物の方が多いようなフライトだ。空港の建物は、木製の粗末な小屋があるだけ。そこにパイロットと数人の男達が荷物を下ろして運んでいく。乗客は勝手にばらばらと目的地に向かって歩き始めた。

「ここで暮らせる東吾《とうご》を、俺は尊敬するよ」

「な——んぺ——いっ!」

その時、一際甲高い声が、何もない広々とした滑走路中に響いた。

小柄な体が、崎田めがけて走ってくる。いきなりジャンプしたと思ったら、次にはしっかりと抱き付いていた。

「南平、逢いたかったようっ」

真っ黒に陽に焼けているのは、海外に出掛けた時はいつものことだ。

「えっ、おい、東吾、これって、あれか」

出国前との決定的な違いがある。日本を出て一ヶ月、そんな短期間でこんなになることは絶対にありえない話だ。

御厨の頭髪は、肩の下まで伸びていた。

普通のサラリーマンヘアだったのだ。えり足を刈り上げ、前髪をふわんと横にわけた、好感度高し、ただし寝癖対策多少必要の短め髪だった。

それがどこかのバンドで歌ってますとか、フリーターになって五年かなといった髪型になってしまっている。

「まさかお前…試したのか」

「そうさ、人体実験だよ。といっても、現地の人達と同じ使い方をしただけさ。見てくれよ。もうふさふさ」

崎田は抱き付いていた御厨の体を引き離し、しげしげとその姿を観察する。

「やったな。こりゃ本物だ」

禿《はげ》のいない村。その噂だけを頼りに、小柄な体に勇気を詰め込んだ、日本の商社マン御厨東吾は、究極の育毛剤を求めてここまでやってきた。

そして自らの体で、本物の育毛剤があることを証明してみせたのだ。

「……いや、何か…信じられないっていうか」

「触ってみろ。ただ伸びてるだけじゃない。艶々してるだろ」

「……変なこと訊いてもいいか？」

御厨の頭をなでくりしながら、崎田はつい訊いてしまった。

「んっ？」

「下半身に塗ったら、そこもぼはぼはになるのか？」

御厨は黙って、崎田の腹にパンチを入れた。

「だってそういうことだろ。違うかっ」

「洗い方にこつがあるんだ。詳しい説明は、今夜たっぷりとしてやるよ」

「今夜？　話なんてしてる暇があると思ってんのかよ…」

少し離れて御厨を見つめる崎田の目は、ぎらぎらとしている。無理もない。二人にとっては一ヶ月ぶりの再会だ。その間、どちらも浮気するようないい加減さはなかった。

「そ、その、それじゃ、飯の間にな、せ、説明するから」

御厨は真っ赤になっているのだろうが、陽に焼け過ぎてあまり目立たなかった。

「もう一度触らせろ…。ふーん、いい匂いがするな」

「現地では香りの強い花を混ぜて使ってるんだ」

長い黒髪はさらさらで、風が吹くと微かに揺れ、天使の輪と呼ばれる綺麗な円状に光を反射させていた。そんな髪のせいで、御厨は何だか異国の王子様のように見える。

「南平、いいか。現地で出された料理を、不味そうに食べるな。それは最高の失礼にあたる」

「そりゃそうだろうが、昆虫とかはないだろうな」

「それはないから、安心しろ」

二人は並んで歩き出す。目の前には一本の道があるだけだった。

「それと女性をやたら見つめたらいけないんだ。即行で婿《むこ》にされるぞ」

「えーっ、まさかお前、もう婿になっちまったのかよ」

崎田は焦ったのか、立ち止まって叫んでいる。

「安心しろって。素晴らしい手で逃げ切った」

「素晴らしい手って何だよ」

御厨は何も言わない。舗装もされていない埃だらけの道を、肩を落として歩いていた。

「何だよ。はっきり言え。どうせ明日は、日本に帰るんだから。そうそう、お前、戻ったら寒いっての分かってる？　パーカー一枚、余計に持ってきてやったぜ」

「そうか、明日はもう東京か…。東京も嫌いじゃないけど…」

「そんなにここがよかったんなら、さっさと誰かの婿さんになっちまえばよかったんだ。そうすりやずっとここで暮らせるぜ」

久しぶりに逢えたというのに、その言い方は何だと、崎田はふてくされた。御厨に、逢いたかったようと泣かれるのを覚悟していただけに、この淡々とした反応が気にくわない。

長期の出張に出たがるのも、もしかして自分といるのが気に入らないせいかと、つい御厨の愛情を疑ってしまう。崎田にとっては本気で始めた関係だが、御厨にとっては押し流された結果だ。

もしかして今頃になって、男相手になんて本気になれるかと醒めてしまったのだろうか。ますます気持ちは疑い深くなっていく。

「おい、ここからどれくらい歩くんだ」

「んーっ、三十分かな」

「三十分？　車はないのかよ」

「湿地帯だから、車はタイヤが塡り込みやすくて無理なんだ」

てこてこと歩く御厨の様子には、疲れというものがない。午前中は出社したうえ、研究所にも回った崎田は疲れていて、暑い中を歩くと息切れがしていた。

「東吾、どっかで休んで行こう」

「カフェなんてものはないぞ」

「ああ、そう思ってインスタントの珈琲を持ってきてやったさ」

「珈琲か…」

何だかおかしい。いつもハイテンションの御厨が、暗く沈んでいる。

崎田はいよいよ、現地の若い娘に、御厨の心が移ったのかと心配し始めた。

子供の頃から、葛西と潤一郎の関係を知っていたせいで、崎田にとって恋愛対象は男もありだった。そうして年頃になって、セックスもそこそこ経験すると、自分の好みのタイプはしっかり確定してしまった。

崎田にとって御厨は、まさにストライクゾーンのど真ん中だったのだ。

元気なやつが好きだ。うじうじした男は嫌いだった。

自分より逞しい男は苦手だ。かといって女のように見えるやつも駄目だ。

外見は可愛い方がいい。一緒に飲んでいて楽しいやつがいい。ベッドでの乱れぶりが激しい方がさらによく、多少は変態プレイも許してくれるくらいに、積極的だったらもっとよかった。

すべての条件を備えている御厨なのに、ついに破局宣言されるのだろうか。

何も迎えになんてこなくてもよかったのだが、一日も早く逢いたくて来たというのに、冷たくされているようで崎田まで暗くなってくる。

「東吾…見事に誰も歩いてないな」

先に飛行機を降りた人達は、どこに向かったのかすでに姿も見えない。崎田はそれで少し大胆になって、御厨の肩を摑んで無理矢理自分の方に振り向かせた。

食べ物のせいだろうか。御厨は痩せたようだ。ほっそりと顔が一回り小さくなっていて、しかもこの黒髪だ。

崎田の知っていた御厨と違ってしまったように思える。

「東吾…」

そのまま引き寄せて、唇を奪う。

そうでもしないと安心出来ない。

いきなり俺はここに残るなんて切り出されたら、怒りのあまり首をギューギュー絞めてしまいそうだった。

「な、何だよ」

微かに抵抗したが、崎田はしつこくまた唇を重ねた。

激しく拒絶されたらどうしようかと思った。だがその心配はなかったようだ。御厨の手はいつかしっかり崎田の体に回され、積極的に舌が応えてくれている。

「東吾…その辺の草むらで…や、やろうか」

一ヶ月の別れは長い。崎田は自分の分身が、すでに御厨を求めてじっとしていられなくなっていることに気が付いた。

「草むらは駄目だよ。蛭《ひる》がいる」

「えーっ、だったら立ったまま木陰でやるか」

「木の上には蛇《へび》がいる」

「おいっ…マジかよ。ここの住民は、いったいどこでやってるんだっ」

「家の中さ。決まってるだろ」

御厨は笑顔を浮かべると、崎田の手を引いて歩き出したが、やはりどこか元気がない。

「おかしいな、東吾。ここには何か変な成分が含まれた食べ物でもあるんじゃないか。いつもの元気はどうしたんだ。詳しい成分分析結果は知りたくないのか？　以前のお前だったら、商品化出来そうかって、真っ先に訊いてきたのに」

「許可は下りるさ。自信あるんだ。それよりも俺、何かとんでもないものを発見しちまった気がする。きっとうちが成功したら、世界中からここに金儲けしたい商社マンがやってくるのかと思うと、悲しくなるんだ」

「何でお前が悲しむんだよ」

「あの村が、汚されちまう。平和でいい村なんだよ」

御厨はしょぼんとしている。いつもの御厨と違っていたが、それはそれでまた魅力がある。

興奮した状態の男というものは、結果を出すまで別の人格になる。今の崎田は御厨を押し倒したいばかりだ。

真面目に村の将来を案じている御厨の気持ちなんて、考慮している余裕がない。

「俺がここに来たばかりに、彼等の生活が変わってしまうんだ」

「だったら変わらないようにしてやればいいんだよ。独占契約を結んで、他のところと取引しないようにすればいいだけじゃないか」

「そんな簡単にいくもんか」

「俺がしてやる。東吾が悲しむことのないように、きちんと後の始末はしてやるから」

崎田はここで自分の実力を見せつけたかった。

尊敬している葛西のようになりたい。自分にとって何よりも大切な御厨のために、出来る男であり続けたいのだ。

自分と同じように、生まれつきの金持ちでも特別の資格を持っているわけでもない葛西が、どうしてあそこまで北条商事に尽くし、発展させることが出来たのか。

愛の力以外の何物でもない。

愛社精神なんてものではないのだ。北条潤一郎に対する愛が、葛西を仕事に駆り立てているのだと、崎田は勝手に解釈している。

葛西に言わせれば、いや、仕事が面白いだけだと言うかもしれない。だが時々見せる超人技は、面白いだけで出来ることではない。

「キノコと同じだ。元の植物を日本に持ち帰って、ここと同じ条件で栽培すればいいだけだ。俺達の会社や工場が、産業スパイの餌食《えじき》になるのならいいさ。特許を取れば法律も味方してくれるんだし」

「……南平に言われると、安心出来るような気がしてきたな」

「商品化するためなら、何でもやってやるけど、それだけじゃない。資源を無くしたり、元の生産地を荒らしたりしないのが、北条商事のポリシーだろ」

御厨は立ち止まると、今度は自ら崎田に抱き付いてきた。

「南平、愛してるよ。俺の願い、南平だったらきっと叶えてくれるよな」

「そんなこたぁ、分かってる。問題はだ、今すぐやりたくてもやる場所がないってことだろ」

鬱蒼《うっそう》と茂る木々の間に、細い道が続いていた。湖沼地帯に入ったので、足下はぐちゅぐちゅする。大雨の後はこの道もなくなり、船で移動するようなところだ。

太陽が照りつけているので、むっとする。滴る汗を拭いながら、確かにこれは戸外で何かするには向かない場所だなと崎田もついに諦めた。

「なぁ、あっちにはホテルがあるわけじゃないんだろ」

「家を一軒借りてるんだ。村長の家の隣で、村の唯一のゲストルームだよ」

「ふーん、東吾のこった。可愛がられてんだろうな」

小動物的な雰囲気が、御厨の大きな魅力でもあり、営業の武器でもある。その土地に馴染み、可愛がられる頃には、これ売ってくれないかなぁとそれとなく商談が始まるのだ。

遠くに煙りが立ち上るのが見えた。どうやら村落が近づいてきたようだ。

「南平、実は頼みがある」

「んーっ、なに？」

「俺、何も知らないで村長の娘をじっと見つめちまったんだ」

「そんなこっちゃないかと思ったよ。でっ、結婚したから日本に連れて帰るって、そういう話か。あーあ、何も俺が迎えに来た時に、そんな話聞かせてくれなくてもいいじゃねぇか。こんなんだったら、蛭に吸い付かれてもいいから草むらで一発、やっちまえばよかった」

崎田はひどくがっかりした。

やはり健康な若い男にとって、一ヶ月の出張は下半身が耐えきれなかったのだろう。

御厨を責めたかったが、崎田はあまりにもがっかりしすぎて、罵倒する元気もなかった。

「誤解すんなって。その…嫁にしろって言われて咄嗟に、結婚してるって言っちゃったんだ」

「……そ、で、営業一課の誰にしとく。受付でもいいけど。いつも右側に座ってるやつは、総務の課長と出来てるぜ。あれにしといたら」

「ち、違うんだ。日本では男とも結婚出来て、お、男と結婚してるって言っちゃった」

「……了解。許す…」

崎田は笑い出した。

咄嗟についた嘘にしても、あまりにも可愛い嘘だったからだ。

「話、うまく合わせてくれよ」

「そんなこと言われたって、お前が通訳するんだ。都合よく吹き替えしとけ」

「うん、それじゃ、嫁が迎えに来たって紹介するから」

「嫁？　俺が婿だろ」

「どっちでもいいよ」

「よくない。ここは拘《こだわ》りたいね。確かに料理に掃除に洗濯は、俺の方が東吾より何倍も早いし、うまいがな。それとは違うだろう」

文句を言いながら歩いていた崎田は、村落の入り口で笑顔で出迎える人達を見た。

南方風の彩りも鮮やかな布で織られた、たっぷりした布を使った衣装を着ている。顔つきはどこか日本人にも似て、色黒だったが東洋人のものだった。

見てはいけないと言われたが、女性は美人が多い。男性も体つきのしっかりした、いい男揃いだったが、何が特別かというと、彼等は全員、長い見事な黒髪をしていたのだ。

ゲストルームの天井からは、蚊帳《かや》が吊られていた。それをまず下ろして、ベッドの回りに張り巡らせることからしないと眠れない。

御厨がせっせと蚊帳を下ろしている横で、崎田は手にしたボトルを眺めて感心していた。

「こりゃあ脅威の商品だ。よかったな。『タイムリミット』以上のヒットになるぜ」

「だけど…そのマジックマッシュルームが入ってるって検査報告は、何だったんだろう。そんなもの混じってる筈無いのに」

崎田からの報告を聞いた御厨は、何度聞いても理解しきれない様子だった。

「初期の頃に、多少違うキノコが混じっていたとしても、検査段階で人体には無害な量だって判断されてた筈だ。今の製品は、国内で作ってるんだからありえない。ちゃんと成分表は厚生労働省に提出して認可されてるのに…」

「私怨じゃないかと、俺は疑う」

「恨んでそうなやつっているか」

二人はそこで、同じ人物の名前を脳裏に浮かべた。

だが確証もないのに、気軽に名前を口にすることは出来ない。

「あいつだったら、東吾が日本にいないって知ったら、また脅威の新製品を出すつもりだと先読みするかもしれないな」

「……んで？」

「その新製品が出る前に、『タイムリミット』にけちつけて、北条商事の信用を無くしておこうってことなんじゃないの」

「だよな」

細かい糸で編まれた蚊帳が下がると、明るい色の布地で覆われたベッドはとてもいい雰囲気に見えてくる。さらに灯りは蠟燭だけとなると、観光地のホテルにも劣らない異国情緒が味わえた。

「俺が東吾の婿さんだからって、あんなに歓迎してくれちゃったわけ？　飯も鶏肉に豚肉に魚と川海老って、もうフルコースだったじゃないか」

「外国からのゲストは珍しいからだよ。祭り並みのご馳走《ちそう》をしてくれたんだぜ。感謝しないと」

「隠し芸で手品を覚えててよかったぜ」

あまりの歓待ぶりに恐縮した崎田は、宴会芸で覚えたマジックを披露して、子供達のアイドルとなってしまった。

若い男達も愛想がいい。なぜなら崎田と御厨は、男同士で結婚していることになっている。村の若い女に手を出す心配はないのだ。

シャツを脱ぎ、部屋の横にあるシャワールームに入った崎田は、天井がないことに気が付いて驚いた。

「雨の日は、そのままどうぞってことか…」

石鹸は椰子《やし》油で作ったもの。そしてシャンプーは、不思議な木の樹液を利用したものだ。この樹液が頭髪を生き生きとさせるせいか、この村の人々は高齢でもみな艶々とした黒髪をしている。

このシャンプーを御厨は、すでに寛研究所に届けていた。厚生労働省の薬事基準法に引っかからなければ、即時、生産販売出来る。

ただし御厨の考えでは、現地から供給を受けるのではなく、日本にここと同じ環境の温室を整備して、木ごと育てるつもりなのだ。

「……東吾の下半身…が問題だ」

素早く体を洗いながら、長髪のせいでいつになく女性的な雰囲気になってしまった御厨の様子を、崎田は観察した。

「あそこがぼはぼはになってたら、ちょっと、いや、かなりいやかもしれない」

洗っている間に、すでに臨戦状態になっている。昼間もなりかけたのを無理に黙らせたのだから、今さらおあずけなんて聞く筈がなかった。

「東吾、シャワー」

「あんまりお湯使うなよ。太陽熱であったためてるだけなんだから。すぐに無くなる。俺の分もとっとけ」

ベッドの側に御厨が置いているのは、日本でもお馴染みの蚊取り線香だった。そういえばここに来てすぐに、大量の蚊取り線香を送れと言われたことがある。

「んっ…」

シャワールームの壁は適当だ。その隙間から見える暗闇の奥で、何かが動いた気配がした。

「東吾…猛獣とかいるのか？」

「この辺りはいないよ。せいぜい山猫とか、フクロウかな。蛇や野鼠《のねずみ》が餌だからさ」

「山猫にしちゃ大きくないか？　まさか虎…」

「そんな心配はいいから、早くでろよ」

御厨ももう脱ぎ始めている。

崎田の視線はそこに集中した。

「よかった…ぼはぼはになってない」

下半身の毛の状態は、以前と何ら変わらない。

「シャンプーは泡立てて二十分、髪に馴染ませないと効果ないの。下半身で実験するつもりはないから」

思わず手でそこを隠す様子からすると、御厨もすでに興奮しているらしい。

「東吾…一ヶ月分だ。覚悟しろ」

「三十回もやったら死ぬよ」

「俺だと一ヶ月平均、五十はやってた筈だけど」

「……」

シャワールームから引き出されながら、崎田はにやにやとしながら御厨の体を眺めた。

「痩せたんじゃねぇ？」

「かもな。抱き心地…悪かったら…ごめん」

御厨は椰子油の石鹸を体にこすりつけている。その手が後ろに回った瞬間、見られていると気付いて恥ずかしかったのか、いきなり短いシャワーカーテンを引いてしまった。

「隠すなよ。そういう仲か、俺達？　結婚してるんじゃなかったの」

崎田はわざと閉められたカーテンをまた開く。

ちょうど御厨の指が、自分のその部分を洗っているところだった。

「み、見るなよ」

「見るなって言われてもな。今からそこ、俺が舐めるんだけど」

「ばっ、バカったり、そんな、恥ずかしいことを、言わなくてもいいだろ」

「言っては駄目だが、やっては欲しいだろ」

「南平、しっしっ」

追い出すように手を振っているが、御厨の体は小さく震えている。やはり一ヶ月、何もしていなかった体にとって、見つめられるだけでも刺激的なのだ。

「俺が洗ってやるよ」

「やっ、やめろよっ」

狭いシャワールームの中に入ってきた崎田は、椰子油石鹸を手にして泡立てる。そのままの手で御厨の下半身を撫で回し始めた。

「よ、よせって。自分でもしてないんだよ。すぐに…いっちまう」

「輪ゴムできつくしばっとく？　そういうのは、もう少し落ち着いてからしたいんだけど」

薄い壁に御厨の手をつかせると、ぬるつく指で崎田はそこの入り口をこすり始めた。

「あっ……はぁっ……ああっ」

「いきなりでその声か？　隣に聞こえても知らないぜ」

「そ、そうだった」

建物は通気性を重視しているから、壁がとても薄い。場所によっては板の継ぎ目が大きく開いていた。

大音量で音楽を聴いている若者もいない。テレビも放送時間は終了している。静かな村の夜に、聞こえているのはフクロウの鳴き声ばかりだ。

そんな中、御厨の小さな喘ぎ声が響く。

「いやっ、駄目だってば、ああっ、あっ」

「中までぬるぬるにしとかないと、一ヶ月ぶりだぜ。辛いんじゃないのかぁ」

「はん、わ、わかってるけど、ああっ、あっ」

指はすぐに飲み込まれた。入り口がきゅっと締まるのを愉しみながら、何度も出し入れを繰り返す。自然と御厨の体は、腰を突き出す形になっていた。

「立ったままでやるか。俺も、こんなになっちまった東吾見ながら、我慢なんて出来ませーん」

椰子油石鹸の泡を、崎田は自分のそこにも塗り込めた。

「天然成分百%、環境にも優しい製品です。お口に入ってもだいじょうぶですから、当然、あの部分に入っても…」

「な、南平、ふ、ふざけてないで」

「ふざけてないさ。ほらっ、滑りがよくなったぜ。狭い入り口もこれで楽々……でもないな。きついぜ、東吾」

「んっ、だって、一ヶ月も…」

指は許したその場所も、さすがにぎんぎんに堅く、大きくなったものはすんなりと受け入れない。

「もっとケツ出せ。ちょうだいのポーズしろよ」

「なんて…言い方だよ…南平、ひどい」

「ひどくされるの好きなんだろ」

崎田のぬるぬるの手が、ゆっくりと盛り上がった肉の部分を両手で撫で回していたと思ったら、強い力で左右にぐっと割り開かれた。

御厨は体を前に倒して、さらにぐっと腰を突き出す。

「あっ、あああっ、あっ」

入り口をどうにか通過した瞬間、御厨の口から一際甲高い声が上がった。

「入ったな。よーし」

ぐっぐっと腰を突き出し、崎田は御厨を思うままに翻弄する。狭いシャワールームは、今にも壊れそうな勢いで揺れだした。

「あんっ、あああんっ、あっ、ああっ」

もう何も二人の勢いを止められない。

崎田は御厨の髪が、目の前で激しく揺れているのを眺めて言った。

「なんか浮気してる気分だな」

「ああっ、いきそう。南平、どうにかしてぇ」

「こいつだけでいっちまうか？」

さらにぐっと奥まで入れたかと思うと、すーっと抜く。浅く入り口で何度か往復した後で、さらにまた奥へと挿入するのを繰り返す。

それだけで御厨の背中は大きく反り返る。

「バックからだと顔が見えないからな。東吾の可愛い項《うなじ》が見たいぜ」

崎田の指が、長い髪をかき分けて、御厨の首を捜す。

「ああっ、だっ、だめ――っ」

それだけで御厨は、あっさりといってしまった。

「やっぱり早いな。俺も…」

さらに動きを早めて、打ち付けるように大きく三度動いた後、崎田もやっと静かになった。

シャワーからぽたぽたとこぼれ落ちた水が、二人の体を濡らす。その音しかない筈なのに、崎田の耳は妙な音を聴いていた。

「東吾、何か音がしないか？」

「山猫だろ。ねぇ、気持ち悪い。綺麗にしろよ」

拗ねたように言うのが可愛くて、崎田はシャワーの先端を今自分が出したもので汚れた、御厨の入り口にあてがう。

「綺麗にしてあげるよ。後で舌でもっと綺麗にしてあげるからな」

「…んっ…」

「一発抜いたくらいじゃ、おとなしくなんてならないぜ」

すっかり温《ぬる》くなったシャワーで洗うと、二人は裸のまま蚊帳の中に潜り込んだ。

すると何かが動く気配がはっきりと感じられた。

「おい…やってる最中に、いきなり大蛇が天井から落ちてくる、なーんてのは無しにしてくれよ」

天井は梁《はり》を渡しただけで、いきなり板を打ち付けただけの屋根になってしまう。蛇だったら自由に出入り可能な家だった。

「東吾、何も感じねぇの？　ここ何かいないか」

「いたらどうなんだよ。東京と違って、野生動物が自由に歩き回れる環境なんだから、いるのが普通だろ。あーっ、南平、もしかして蛇が嫌いなんだぁ」

「ふんっ、東吾は蛇好きだもんな。どうれ、ちょっと短い蛇ですけど、その可愛いお口で元気にしてくれるかな」

ベッドに横たわると、崎田は御厨の顔を自分の部分に導いた。

「一緒にやると、お前、すぐに分担放棄すっからな」

「南平がうますぎるんだろ」

「おっ、褒めてもまだやってあげないよ。先に感じさせちまうと、もうやってやってになっちまうからな」

御厨は顔を上げて、ぷっと膨れてみせた。

「よせよぅ、ハムスターみたいな顔してぇ」

「愛が…ない。自分だけ愉しめればいいだけなんだ」

「悪かった。愛してるよ。よーし、それじゃ、一緒にやろう」

御厨の体を楽々横たえると、崎田はすぐにその部分に唇を移動する。

同じように崎田のものも、御厨の愛撫を受けていた。

「んーっ、久しぶりで、いい感じ。東吾、感じてもやめるなよ」

「感じさせるからいけないんだろ」

「感じすぎるからいけないんだよ」

ふざけているようだが、崎田はこんなのりに素直に従ってくれる御厨が愛しくてたまらないのだ。崎田にしてみれば、真面目な顔して愛を囁《ささや》くなんてのは自分のキャラじゃないと思っている。

だがそれで何度か失敗したのも事実だ。

顔を上げて、懸命に自分に奉仕してくれている御厨を見る。長い髪が下がってくるせいで、いつもよりやりにくそうだ。

「邪魔だろ、その髪。縛るか？」

指で下がった髪をかき上げてやった。すると御厨の体がびくっと震える。

「何だよ、新しい性感帯か？　全身、性感帯みたいなお前が、それ以上増やしてどうすんだよ」

優しくまた髪を撫でた。

「あっ…んっ…」

いつにも増して扇情的な声が聞こえる。

「んっ？」

崎田は上半身を起こし、そのまま自分に奉仕している御厨の髪を撫で続けた。

「いやっ、ああっ、よ、よせってぇーっ。駄目——っ」

「……東吾、頭、感じてるのか」

「……えっ……」

崎田は手を止める。御厨も動きを止めた。

二人はじっとしている。すると興奮はしばらくの間遠のいた。

またもや髪に触れる。優しく、撫でてみた。

「あっ、ああんっ」

「マジでやばくない？」

御厨の目は潤み、腰は勝手にうねりだしている。まだ元気にならない崎田のものに、今度は御厨から積極的に口が近づいていった。

必死でしゃぶっている。早く元気になって欲しいのだろう。御厨のものはすでに興奮した状態で、すぐにでもいきたそうに見えた。

「副作用ありか……まさかな。そんな筈ないって。一ヶ月してないから、感じやすくなってるだけさ」

再び崎田の方も、御厨への積極的な攻撃態勢に入った。

綺麗に洗ったばかりのそこを、約束通りに丁寧に舌で可愛がる。だがその時の感じようはいつもと一緒だ。

崎田は御厨の顔をそこから離し、体勢を入れ替えて体の下に組み敷いた。

「いつも可愛いけどさ。今日の東吾は、色っぽさが当社比で七割増しって感じなんだけど」

「一ヶ月、逢ってなかったせいだよ」

「そうか…」

再び挿入の構えに入った崎田は、素早く御厨の髪にタッチする。

「あっ、あああ――ん」

またもやいつもより何倍も色っぽい声が上がった。

その隙にぐっと突っ込んだ。明らかに感じ方が普通でないのが、締め付けられ方からより強く伝わってくる。

つい試したくなって、御厨の髪に触れたまま、激しく動かしてみた。

「いい、いいっ、ああっ、いいっ、あっ」

こんな声を出す男だったかと、崎田は疑いだす。感じやすくなってはきたといっても、声の出し方にもっと可愛げがあったと思う。

この声は誰かに似ている。

誰だったかと考えて、崎田は凍り付いた。

何年か前に訪れた、夏の別荘での夜、寝静まった頃に聞こえてきたあの声はこんな声だった。

声の主は潤一郎。

三日もセックスなしではいられない男の、何とも艶っぽい声だった。

「東吾もついにあそこまで進化したのか?」

髪に触れなければいいと思っても、つい好奇心から手がいってしまう。

「ああんっ、あああっ、いい、もっと、触って」

悶《もだ》える様子は、いつもの可愛いだけの御厨ではなかった。

崎田の肩に抱き付いて、少し痩せた肢体がしなる。強烈な締め付けを味わいながら、崎田はまたもや外に何物かの気配を感じた。

動物がいるのだろうか。粗い息を感じる。確かめに行きたくても、御厨が必死に抱き付いていて、離れる様子はなかった。

「南平……いいよぅ、すっごくいい。どうしちゃったんだろ、俺。体がもうぐちゃぐちゃ」

崎田はむかついてきた。

自分のテクニックだけで、相手を悶えさせているのではないとしたら、やはり男としてはどうだろう。

こんなおかしな感じ方をさせなくたって、いつも御厨は可愛く悶えてくれていたではないか。

髪に触るのはやめた。

そのまま御厨の体を抱き締めて、激しく動き出す。

合間にキスするのも忘れない。

御厨のそこを刺激するのも充分にしてやった。

それだけでも御厨は泣く。

「ああっ、南平、いいっ、いきたい、いかせてぇーっ」

力一杯、崎田の体を抱き締めて、背中に爪を食い込ませてくる。

「いきたいか。んっ、髪の毛なんか触らなくても感じるだろ。俺のだけでもいっちまうよな」

「いっちゃうから、いかせてっ」

「んーっ、んんっ、お、俺も…も、いきそっ…」

シャワーを浴びたというのに、全身がまた汗だくだ。さらにその部分からも、また新しいものが噴出して、二人の体を余計に濡らした。

「ああ…よかった。やっぱ、東吾なしで一ヶ月ってのはきついな。これがないと、生きてけないって感じ」

御厨の体から下りながら、優しくキスをしてやる。

「お、俺も、凄い、よかった。一人でいた時は、自分がこんなにしたがってたなんて思ってなかったのに…」

「んーっ、いい泣き声だったな……」

御厨を抱き寄せると見せかけて、崎田はばっと起きあがるといきなりドアに向かった。そして外に飛び出す。

「南平、どうしたんだよっ」

「ごらぁ――っ、お前ら、そこで何やってんだぁっ」

どう考えてもおかしい。何かの気配がすると思ったら、やはり家の外には数人の若者がいて、中の様子を覗き見ていたのだ。

彼等は見つけられても悪びれる様子もなく、早口で何か言っている。

「えーっ、わっかんねぇ。東吾、通訳しろっ」

「……男同士で結婚出来る筈ない。嘘だと思って確かめたかったんだって。本当にやれるんだって、みんな驚いてるよ」

「驚いてるよって……なぁ、いいのか、覗かれてたんだぞ」

「見られちまったんだから、しょうがないだろ」

彼等はまだ何か続けて言っている。どうも十代の若者らしくて、中には見ている間に興奮して、自分でしてしまった者もいるらしい。

「いいか。よい子は真似すんなって言ってやれ」

「無理みたい。みんな南平のことを、男を嫁にする凄い男だって思ってるみたいだから」

「……」

崎田は思わず自分の股間に手を添えて、そこを隠した。

「おい、久しぶりに逢えた夫婦の寝室を覗くなって言えよ」

「……ん……」

御厨が何か早口に喋《しゃべ》ると、若者達はうんうんと頷いて静かに去っていった。去り際に何度も振り返り、手を振ったりしている。

崎田はドアに凭《もた》れて、大きくため息をつくしかない。

「次に来たときに、この村初の、男同士の夫婦が誕生していても知らないぞ。そいつらが年寄り連中から迫害されても知らないからな。東吾、俺達のせいで、おかしなことになっちまったら、どうすりゃいいんだ」

二人ともここは反省するしかない。

「はぁーっ、どうなってんだ、ここは。何か呪われてるとしか」

崎田はベッドに戻ろうとして、テーブルの上に置かれたままのシャンプーのサンプルに目をやった。

椰子油で作った石鹸を薄めたものに、白濁した問題の樹液が溶かしてある。よく泡立てて二十分、後は流すだけで髪は艶やかになる。それだけではない。常用するとどんどん髪が活性化していくから、頭髪に不安を感じ始めた世代には最大の朗報だ。

現在、もっとも狙い目市場は、育毛、発毛剤だ。御厨の着眼点は実に正しい。

「副作用ってことはないよな」

崎田は思わずドアに戻り、あの若者達を呼び寄せて、髪が性感帯なのか訊いてみたくなった。しかしそれも危ない。男を組み敷き、性的に興奮させる勇者と勘違いされてしまったのに、性感帯などに触ったらどうなるか。

あっと言う間に、何人もの男嫁を連れて帰らないといけないことになりそうだった。

一瞬、ハーレムの構想が頭を過ぎったが、崎田もそれほど愚かではない。可愛い御厨命と口にした以上、ハーレムの構想はぶるんと頭を振って追い払った。

「南平…」

ベッドに起きあがった御厨は、両足を抱えていた。そんな姿も可愛く見えて、崎田はバッグの中からミネラルウォーターを出して、そっと御厨の前に置いてやった。

「日本の名水。うまいぞ」

「水かぁ、日本は生水が飲めるんだもんな。南平、ありがと」

体をすり寄せる御厨の肩を抱きながら、崎田はまだシャンプーのサンプルから目を離せない。

「なぁ、東吾。俺、ちょっと、いや、うーんと不安なことが一つあるんだけど」

「んっ？」

「真っ先にあのサンプルを使いたがる人がいるよな」

「……うん……。何でも新しいものが好きだからね」

「東吾、髪、触られると、おかしくなるのはいつからだ」

「今日が初めてだよって、いうか、俺、浮気なんて、絶対にしないしぃ」

御厨はこくこくと水を飲む。

二人はそれからしばらく黙り込んでいた。

けれどお互いの脳内を過ぎる姿は同じだ。

「南平…平気だよ。日本の水は違う。おかしな副作用なんてないさ」

「そ、そうだよな。そうだよ、これを社長が使ったら、大変なことになるなんて、心配はしなくっていいよな」

「ま、万が一、副作用があっても、葛西部長も使えばいいんだ。二人して、同じようになればいいさ」

二人はへらへらと笑っていたが、内心の焦りは隠せない。

とんでもないことになりそうだと、恐ろしい予感がしていた。

ホテルのレストランで、帰国した御厨と崎田の二人を潤一郎は出迎えた。

今日も完璧なスーツ姿で、手にはお気に入りのフランクミューラーの時計をはめている。だが現れた二人は、いかにもラフな旅行者のスタイルだった。

ドレスコードのあるような店ではない。あえて潤一郎は、二人のためにそんな店を選んだのだ。

「お帰り、御厨君。長期の出張、お疲れ様」

店内はほどよく暗かったので、最初御厨の髪が伸びていることに潤一郎は気が付かなかった。後ろで一つに縛ってあったせいかもしれない。

「御厨君…髪、伸びた？」

潤一郎にだって、御厨の髪の異常さは分かる。僅《わず》か一ヶ月前に、出張前の挨拶を受けた。その時は丁寧にカットされたリクルートスタイルだったのだ。

縛ってはいるが、その長さは充分に想像出来る。

潤一郎は我が目を疑うより前に、今度の商品の成功を確信した。

「素晴らしいよ、御厨君。それって、例のあれだろう」

「はい…そうですが、あの…」

「早速、僕も使ってみたいな。いや、僕の髪は薄いってほどじゃないし、この歳じゃまだ心配するようなことはないんだけれど」

言いにくかったが、やはり潤一郎も髪は気にしている。頭髪が薄くなるのは、遺伝的な要素もあると聞いていた。父親の状態を見れば、自分の三十年後は想像がつくと教えられたが、それでもやはり不安だ。

太りやすい体質にも怯えているが、若いときは髪もふさふさとしていてダンディだった父が、朝に髪をセットする時不満げにしていたのを思い出す。しかも入院後はさらに薄くなったようだ。

いつまでも若く、美しいままでいたい潤一郎としては、御厨の発見はまさに神の賜《たまもの》だった。

「日本料理がよかったかな。そうも思ったけど、痩せたようだって聞いたからね。今夜はジューシーでデリシャスなお肉を楽しもう」

「ありがとうございます」

いつもだったらここですかさず、おいしい肉なんて久しぶりですよぅ、水牛はいっぱいいたけど食べさせてもらえなかったしぃ、くらいのジョークは口にする筈だ。

なのに御厨は黙って俯《うつむ》いている。

「どうしたの、御厨君。君の髪を見ると、結果はとてもよかったように思えるんだけど」

「それが社長…申し訳ありません。多少、副作用があるようです。筧博士にも、その辺をよく研究していただいてからでないと、すぐに商品化は難しいかと思います」

「副作用？　君、とっても元気そうだけど」

多少、痩せたとはいえ、御厨に窶《やつ》れた印象はない。潤一郎は知らないだろうが、昨夜はあれから二回もセックスしているし、時差が二時間と少ないとはいえ、外国からついさっき戻って、成田か

ら崎田の車に揺られて帰ってきたばかりだ。

なのに御厨の小麦色に焼けた肌は艶々していて、瞳もきらきら輝いている。肩を落としているのが似合わないと思うのは、潤一郎だけではないだろう。

「明日、早速、研究所に行って、新たな分析をお願いしようと思っています」

「そうか…そこまで言うんだったら、即時お試しはなしってことだね。いいよ、分かった。それじゃ、その話は明日に回して、今夜はゆっくりとおいしいものを楽しもう」

潤一郎は気を遣って、御厨の好きそうなものをいろいろとオーダーしてやった。

部下へのさりげない気配りも出来るところが、仕事の能力は多少心細くても、潤一郎を社長と慕わせる要因となる。特に営業部のこの二人は可愛がっていた。

話は自然と、『タイムリミット』の検査結果を送りつけてきた女の話に飛ぶ。崎田は一番そのことが気に掛かっていたからだ。

「寛博士は、最初の検査結果に自信があるようでしたが」

崎田の質問に、潤一郎は思い出しながら答えた。

「葛西の報告によると、現在の製品には何の問題もないそうだ。もし相手が持っている製品に問題があるとしたら、それを提出して欲しいと交渉中だよ」

実在しない相手だったら、何だ、ただの嫌がらせかで済んだだろう。

ところがその女性は実在していて、民間の研究所に籍を置いていた。

潤一郎の美しい顔が曇る。もし過去の製品だとしても、実際に混入されていた製品があったとしたら、訴えられても仕方がない。

生産も順調なら売れ行きも好調だったから、あまりにも膨大な数をこの一年で出荷しているから、自社内でこれ以上の調査は難しかった。

一度『タイムリミット』を手にした消費者のほとんどがリピーターになる。それがマジックマッシュルームのせいだと言われても、違うとしか言いようがない。消費者の心理の問題だからだ。ダイエッターは新製品にすぐに飛びつくが、飽きるのも早い。効果がないと知ると、すぐに諦めてより刺激的な煽りのついた新製品に買い換える。

なのに『タイムリミット』が、発売から一年過ぎてもリピーターを惹き付けるのは、安全でなおかつ確実な満腹感があるからだ。

過食を予防するだけで、痩せることの可能な人間は大勢いる。便秘で悩む女性は多いし、手軽に運動など出来ない多忙な男性にとっても、今やダイエット食品は必需品だ。

問題なのはこれさえあればだいじょうぶと、依存してしまう消費者心理の方だろう。

だが潤一郎だって商売人だ。そこまでのケアは出来ない。説明書には丁寧に、栄養学の基礎まで書いているし、生活改善の必要性も訴えている。

利潤の一部は、癌《がん》撲滅のために研究を続けている、しかるべき医療研究団体に寄付もしていた。原産地には、学校や病院施設となるものを寄贈もしたのだ。

経営者として潤一郎は、やるべきことはやっているつもりだ。もちろんすべてが自分の発想だとは言わない。優秀な社員達が、北条商事のために働いてくれている結果だった。

「社長、これはあくまでも自分の考えですが」

洒落た前菜が出てくる。潤一郎はシャンパンを勧めながら、崎田の言葉の続きを、料理を口にしながら聞いた。

「もしかしたら他社の妨害ではないでしょうか」

「他社？」

その名前がはっきりと出て来なくても、どこのことを言っているかはすぐに分かった。

足利《あしかが》物産。御曹司《おんぞうし》自ら、変装までしてスパイとして乗り込んできたのだ。

もう少しで御厨を、『タイムリミット』ごと奪われてしまうところだった。

御厨が金だけに価値をおく男だったら、今頃は足利物産が『タイムリミット』景気で浮かれていたことだろう。

「あちらさんはうちより大手だよ。そんなことしてる暇があったら、新製品の開発にもっと力を入れるだろ」

「そうでしょうか。御厨は『タイムリミット』の後も、ガラナ入りチョコレートの『愛の奇跡』とか、お洒落で可愛いコンドームシリーズなんて、目立たないけど実は売れてる商品を開発してます。もしあいつがまだ御厨を諦めていないとしたら、その動向には目を光らせていると思いますが」

「……崎田君、さすがに葛西部長の一番弟子だけあって、鋭いね」

言われてみればその通りだった。

御厨の動向を見張るという発想は、潤一郎にもなかったものだ。

確かにここ一年のヒット商品は、御厨の発案によるものが多い。ネットまみれのパソコンオタクと自認するだけあって、御厨の発想は元々、店舗で買いにくい商品にあった。

ダイエット食品もそうだ。興奮剤入りのチョコレートもそうだ。女の子が自分で買えるコンドームという発想もそこから来ている。

それらが悉《ことごと》く当たっているのは、北条商事の株価の推移が如実に示している。

もちろんどんなに発想がよくても、それを現実化するだけの力がなければ、商品開発は失敗する。一つの商品を市場に出すためには、特定機関の認可が必要な場合もあるのだ。素早く商品化するために、事前に完璧な準備をしておかないといけない。

それだけではなかった。消費者の好みを反映させて、低予算で高級感を演出し、買いたいと思った時にすぐに手元に届けられる迅速さも望まれる。

すべてを潤滑に進めるためにも、やはり新商品の開発には、社員一丸となっての前向きな姿勢が望ましい。

結果が出て、売れているという確かな手応えがあるからこそ、社員全員のやる気に繋がっているのだ。

御厨は今や、北条商事の大切なレーダー、水先案内人だった。

その御厨が狙われている。

「御厨君が見張られてたってこと?」

「ありませんか? 俺だったらやります。興信所に頼んで、御厨をマークして追わせればいいだけです。ここ一ヶ月近く、日本にいなかったのはもうばれてますよ」

「ということは…新製品が出ると、あちらさんも警戒しているわけだ」

「はい」

前菜の後には、澄んだコンソメが出て来た。まったりしたポタージュ系のスープも好きだが、潤一郎は出来るだけコンソメにしている。

たゆまぬ努力。それが美を長引かせるためには必要なのだ。

「これが商品化されたら、またメガヒット間違いなしです。あちらさんは、その前にうちに決定的なダメージを与えたいんじゃないでしょうか」

「だろうね」

足利物産にしてみれば、北条商事なんてはるか格下で相手にもならなかった筈だ。なのに現社長の息子の足利高光《たかみつ》は、北条商事を買収しようと躍起になっているのはどうしてだろう。

「あちらさん、父上にいい顔がしたいのかな。僕は葛西や君達のお陰で、父にも胸の張れる状態で社長に就任出来た。あちらさんには、どうやら葛西や優秀な社員はいないらしいね」

パン籠には、焼きたてのバケットが盛られている。皮のバリッとした噛み心地や、中身のもちもちっとした食感が想像出来て、幾つでも手を伸ばしたい衝動に駆られたが、潤一郎はたった一つだけを手にして、残りを崎田に押しつけた。

「買収に乗らないといけないほど、うちの会社は資金不足に陥っていない。ボーナスの額からも想像出来る通り、経営はいたって順調だ」

「うまくいかなかったからの、私怨…じゃないですかね」

「……私怨…ね」

経営戦略だったら、多少は汚い手を使っても許せる。相手よりも儲けたいと思うのが商人だし、そのために姑息に動き回るくらいやるのは当然だ。

商品で勝負をかけられたのなら納得出来たが、恨みを晴らすために姑息な手を使われるのは、潤一郎でも許せない。

崎田が話している間も、御厨はずっと黙ったままだ。髪が長くなったせいで、女の子にも見えてしまうから、余計弱々しい印象になってしまう。

「御厨君、元気ないね。疲れたのかな」

「いえ、疲れてはいません。独占契約については、崎田が何もかもやってくれました。あの一帯に生えているザラの木は、すべて当社所有になっています。村には、交換条件として、井戸の設置を約束しました。湿地帯なのに、乾期になると、遠くまで水を汲みにいかないといけなくなるそうです」

「なんだ。すっかり村の人になってしまって、今日出て来たところを心配してるんだね」

「俺の動向が見張られていたとしたら、あの村にいたことを知られないかって、それが心配なんです。一日も早く、商品開発を急がないと。あいつら、もっと高額をちらつかせて、土地そのものを買い占めたりしないかな」

時間は限られているということだ。

世界中があの村とザラと呼ばれている稀少な植物に注目してしまう前に、製品化しないといけない。

「東吾、そういった問題は、お前が悩むことじゃないよ。製品化されるめどが立ったら、もう会社一丸で取り組む問題なんだ。悩んだってしようがない」

「そうか。そうだよな。分かってるけど、タイムアウトまでが短いってのが気になって、帰ってきたことを素直に喜べなくてさ」

実は御厨の脳内では、自分の体に起こった変化も悩みの種となっているのだが、あくまでも潤一郎にその話をするつもりはないようだ。

生に近いステーキが目の前に置かれる。

さっと表面だけを強火で焼き、薄口のソースがかかっていた。トロに近い食味を愉しみながら、潤一郎は葛西のことを心配していた。

戦う相手がいると燃える男だ。

今夜は、北条商事の顧問弁護士達と会食している。

本来ならここに葛西がいてもおかしくないのにと、潤一郎は少し寂しかった。


食事を終えた後でトイレに立った潤一郎は、出て来たところでいきなり大柄な外国人に行く手を遮られた。

自分の進んだコースが、相手の通り道だったかなと、潤一郎は素直に失礼と軽く頭を下げた。けれど相手は道を譲らない。それどころかいきなり潤一郎の目の前に、名刺を差し出したのだ。

どこかで一度会っただろうか。

そんな筈はない。

これ程のいい男だったら、潤一郎が気が付かないなんてことはありえなかった。

潤一郎は素直に名刺を受け取る。白地の紙に、英文だけの名刺だ。

「失礼を覚悟でお願いします。北条商事の代表でいらっしゃいますね。アポイントをとらないと、お話は伺えませんか？」

「……」

話しかけられたのは、流暢な日本語だった。

改めて目の前にいる外国人を見る。

第一印象は、まずいっ、この一言だ。

どうまずいかといえば決まっている。まさに潤一郎のストライクゾーン、直球ど真ん中、ストレートトコースの色男だったからだ。

身長百八十の潤一郎より長身だった。逞《たくま》しい上半身をしている。それに比べてほっそりとした長い足をしていた。

顔は典型的なニューヨーカーのナイスガイだろう。茶色がかった灰色の瞳に、濃い茶色の髪というのも知的な感じがして素晴らしい。

内心では、いい男、口説かれたいと怪しく騒ぐ自分がいたが、潤一郎はあくまでもビジネスライクな顔を通した。

「事業内容についてでしたら、アポイントメントをいただかないとお話出来ません」

名刺には、ニューヨークにある大手会社の名前がいくつか書かれている。そこの役員に名前を連ねているということだろうか。

だとしたらかなりリッチな男だ。

リッチだろう。着ているものもセンスのいいスーツだ。手に嵌《は》めているのが、使い込んだ感じのするホワイトゴールドのローレックスというのも、育ちのよさを想像させる。リッチな父親から、大学の卒業時に贈られた時計を愛用している、そんなふうにも取れるからだ。

「それでは個人的に、まずは親しくなってから、改めてアポイントメントを取ってはいけないでしょうか。実は今日、日本に着いたばかりなんですが、今回の来日予定の中には、あなたとお話したいというものも含まれておりまして。ここで偶然出会えたことを、神に感謝しております」

潤一郎も神に感謝したいくらいだ。

何ていい男。

隣に座って、一緒に酒を飲むだけでもいい。きっと素晴らしくゴージャスな気分を味わえる。

一年前の潤一郎だったら、ここで即座に酒の席での同席を許しただろう。相手にその気がありそうだったら、そのまま素直にホテルにお持ち帰りされていた。

けれど今の潤一郎は違う。

浮気するからねは、もはや形骸《けいがい》化した脅し文句だ。

命懸けで自分を救ってくれた葛西を、誰よりも深く愛している。

それにもう肉欲だけに溺れていい年頃でもない。三十一にもなったのだ。大人の良識を身につけたいと、自戒していた。

「今夜はプライベートで、友人とおります。よろしければ明晩でも改めて」

あれっ、つい口が滑っちゃったと思ってももう遅い。

勝手に明日の約束をしてしまっている。

「そうですか、それは嬉しいです。私は、ここのホテルに泊まっております。明日もこの時間、このバーでいかがでしょう」

潤一郎の眉が僅かに上がる。

ホテルに泊まっている。そのホテルに付随するレストランのバーで待ってる。

それって、男同士のデートを、巧みに粉飾する手口？

つい余計なことを考えた潤一郎だったが、その男の左手に指輪がないことを見逃さなかった。

良家育ちのアメリカ人男性だったら、結婚していたら決して指輪を外さない。

ということは、独身だということだ。

年齢からいったら、葛西と同じくらいだろうか。資産家でその年まで独身となったら、ますますゲイである確率は高くなる。

潤一郎の心臓は、不謹慎にもどくどくと高鳴り始めた。

浮気はしないと百万回唱えたいが、うずうずし始めた下半身が、それを許してくれるかどうかだ。

あのおかしな手紙以来、葛西は深夜まで法律関係の本に埋もれている。薬学の本まで取り寄せて、裁判になった場合の対処を練っていた。

当然、潤一郎は、相手のないまま一人で眠るしかない。

たった一晩のことだ。

どうということはない。三日だったら楽に我慢出来るし、過去には何日も放っておかれたことだってある。

まだ早い。

ここで下半身を疼《うず》かせるなんて、あまりにも恥ずかしいと、潤一郎は好みの男を目の前にしながら、珍しくも耐えた。

「もし明日、都合がつかないようでしたら、ホテルの方にお電話します。それでは」

長い時間、見つめ合っていたら駄目だ。

潤一郎は男の脇をすり抜けるようにして、立ち去ろうとした。

すれ違い様、つい相手を振り返ってしまう。

同じように相手もじっと潤一郎を目で追っていた。

その視線は、潤一郎が女だったら、思わずじゅんっと下着を濡らしてしまいそうなほど、危険なものだった。

その頃葛西は、弁護士と会食するために予約した店の、個室の中だった。

和室の掘り炬燵《こたつ》となっているが、葛西は足を下ろさずに胡座《あぐら》を組んで、のんびりと煙草《たばこ》を吸っていた。

「遅れまして申し訳ありません」

現れたのは、いつもの先生ではない。まだあまり見かけたことのない、世話になっている事務所では新人の弁護士だった。

葛西は慌てて居ずまいを正し、上座に当たる方に弁護士を座らせた。

「松波《まつなみ》先生は、急遽取り扱わないといけない事件がありまして、まだ訴訟に至らないということでしたら、私がご相談に乗らせていただくこととなりました。高梨《たかなし》と申します」

遠慮しながら座った弁護士は、すまなそうに葛西を見る。

「そうでしたか。松波先生がいらっしゃるとばかり思っていたものですから、このような席を用意してしまいましたが、高梨先生、お若いですから、もっと違った店がよろしかったですか？」

ここは松波弁護士が、気に入っている店だ。値段も高くないし、料理もいたって庶民的なものばかりなので、若手弁護士では軽く扱われたと思わないかと、葛西はつい気を遣ってしまう。

高梨はどう見ても若いだろう。銀縁の眼鏡に、リクルートスーツそのままのように地味なスーツ姿で、手にしたバッグもまだ使い込むまでいっていない。

「いえ、とんでもない。そちらこそ、急とはいえ、私のような若輩がまいりまして、ご不満でしょうが、今後ともよろしくお願いします」

やたら腰の低い男だった。儀礼的に名刺を交換した後で、葛西はつい部下を見るような目で高梨を見てしまった。

「松波先生は、ここの鳥鍋が大好物なんですよ。気取らない先生でいらっしゃるから、こちらも助かります。そのつもりでオーダーしてしまいましたが、よろしかったですか」

「はい、もう、何でも嬉しいです。私、こう見えて料理とか作るのは結構好きなんですよ。おいしい店で食べた時は、味を忘れずにいて、後日、自分で挑戦してみるんです」

言われてみれば、お絞りで手を拭く様子もちまちまとしていて女性っぽい。眼鏡をしているせいであまり気が付かないが、よく見るとその顔立ちも優しげで、清楚ながら美しい印象だった。

「酒はどうですか？」

「いえ、あまりいただけない口で。最初のビールくらいはいただけますが、後はお茶で」

「そうですか」

飲まないとなったら、あえて勧めない。遠慮しているのと、本気で飲めないのの区別くらい、営業マンが気付かなくてどうするかだった。

簡単なつまみで軽くやりながら、葛西は時節柄の話題や、ニュースになっている事件の話をまずする。その時の答えようで、初対面の人の人となりを判断するのだ。

高梨の受け答えはしっかりしている。生真面目な性格なのか、どれも優等生的な答えだったが、弁護士という職業柄それは自然なことなのだろう。

「高梨先生はお幾つですか。歳の割りにしっかりしていらっしゃるみたいですが」

つい葛西は、比較してはいけないと思ったが、わがまま駄々っ子の潤一郎と、高梨を比較してしまったのだ。

「こんな外見をしておりますので、若く見られるようですが、私、三十になります。法科を卒業した後、大学院に進みまして、さらにその後も一年、心理学を学んでおりました。親にパラサイトしながらで、恥ずかしい限りです」

鍋の用意が出てくる。すると高梨は自然な動きで、自ら世話役を買って出た。

「いや、先生にそんなことさせるのは」

「いえいえ、いいんです。こういったものを見ますと、本能とでも申しましょうか。つい、手が動いてしまいまして」

潤一郎とだとこうはいかない。鍋の仕切はすべて葛西の仕事だった。

高梨の采配は巧みだ。火の通りにくい物から順番に、無駄なく、そつなく入れていく。取り皿に盛られて、すっと差し出されたものを口にした葛西は、煮え具合の程よさに感心していた。

「先生、料理がご趣味っていうのは、頷けます。ちょうど食べ頃ですよ」

「ありがとうございます。もしお嫌でなかったら、今度、ぜひ休日にでも、私の料理を召し上がっていただけませんか？　事務所の仲間には好評なんですよ」

「いやぁ、それは…」

葛西はこんな話を持ちかけられても、潤一郎のように即、誘われているとは考えなかった。

潤一郎のような男の方が特殊なのだ。世間の大方の男達は、同性になど興味は示さない。仕事仲間としての同胞意識や、男同士の気軽な友情を尊重する。

そういった考えがあるから、誰しもが葛西をベッドに誘い込みたいとは思っていないと、確信していた。

「葛西さん、奥様は？」

四十を過ぎた葛西にとって、当然その質問は出てくる。

「亡くなりました。以来、独りです」

「そ、それは失礼しました」

高梨は本当に済まなそうにしている。

葛西は安心させるように微笑んだ。

「気を遣ってくださらなくてもいいですよ。元々、体が弱かったひとだったし、姉のような関係でしたから。最期を看取れて、よかったと思っています」

潤一郎とのことがなかったら、あるいは望まれても結婚まではしなかったかもしれない。亡くなった妻のことは、本当に姉のように慕っていた。潤一郎とのことも、親には話せなくても彼女には相談出来たくらいの仲だったのだ。

彼女の気持ちは違っていたかもしれないと思うと、葛西はわずかに罪の意識を感じる。

痩せた体を抱えて風呂にいれてやったり、時にはおぶって山道を歩いてもやった。

けれど一度として、彼女とセックスはしなかったのだ。

一日、車椅子にいる生活でも、身綺麗に化粧を欠かさない人だった。編み物や刺繍をよくやっていたが、どれも彼女の性格を示すように、清楚で美しいものばかりだった。

葛西は良き夫として、最期までを看取ったが、良い恋人ではなかったなと胸を痛める。

やはり葛西の心には、潤一郎がずっと居続けたのだ。

そこまでして思い詰めた相手だというのに、同棲してから一年。

なぜ、夜になると時々、気が重くなるのだろう。

疲れているせいだとは思いたくない。ましてや年のせいだなんて、絶対に思いたくはなかった。

「高梨先生は独身ですか？」

葛西は矛先を高梨に向ける。

今の時代の疲れたキャリア組の女性にとっては、こんな優男の方がむしろ人気があるだろう。休日にはおいしい料理を作ってくれて、仕事場での愚痴も優しい笑顔で聞いてくれるのだ。

男性並み、時には男性以上に働く女性にとっては、最高に狙い目の男だ。しかも職業は弁護士。

新進とはいえ、将来どれだけ伸びるか予測もつかない。

「結婚なんてとてもとても。やっと弁護士として一人前になれたばかりです。まだまだ勉強しなければいけないことが、山ほどありますから」

謙虚に答える姿に、葛西は好感を持った。

鍋が進むにつれ、お互いの人柄がそれとなく分かり合えてくる。高梨は安心出来る人柄だと思えた。

松波弁護士だったら、今日はざっと問題の概略だけ話しておけば、いざ訴訟問題となった時に、どうするかすべて整えておいてくれる。

今回の事件について、ぽつぽつと語り出した葛西は、見かけの静かさとは裏腹に、てきぱきと返答する高梨の変わりぶりに驚いた。

「マスコミに公表するという一文があるのでしたら、恐喝罪として告発は出来ます。ただいきなり法的に訴えるより、検査のためだったかもしれませんが、製品を買ってくれた顧客への対応はしておくべきでしょう。相手の居場所がはっきりしているのなら、私が同行いたします」

「やはり会いにいくべきだと」

「そうですね。検査結果が捏造だとしたら、逆にこちらが早く動かないと、その可能性もあったんだと疑われることになります。相手は民間の調査機関勤務ですか。その調査機関も関わっているとしたら、悪質な強請の可能性もありますから」

弁護士モードに入った高梨は熱血だ。仕事モードに入ると、やはり熱血化してしまう葛西としては、打てば響くようで頼もしかった。

「高梨先生とは、いい感じで仕事が出来そうだな」

葛西はお世辞ではなく口にする。

するとに高梨は真っ赤になった。

「わ、私も、葛西さんと仕事が出来て嬉しいです」

鍋のせいで熱かったのか、高梨は眼鏡を外して額の汗を拭った。

その顔を真正面から見てしまった葛西の手は、その時停まった。

亡くなった妻にどこか似た、楚々とした美人顔だ。

これまで一度として、潤一郎以外の男にときめいたことなどなかった葛西だが、怪しい胸騒ぎがする。

眼鏡がなくてはっきり見えないせいか、高梨も正面からじっと葛西を見つめていた。

二人は無言で見つめ合う。

沈黙の間に、いたずらもののキューピッドが舞い降りてきて、何か仕掛けてしまうかもしれないというのに、葛西は視線を外せなくなって困惑していた。

タクシーが自宅マンションに近づいてくると、崎田は御厨にパーカーのフードを被らせた。

「何だよ」

「何でもいい。頭隠してろ」

「……」

2LDKの中古マンションを、二人の共同名義で買ったのは半年前だ。高い家賃をそれぞれが払うことを考えれば、ローンを払っても無駄がない。頭金は『タイムリミット』による法外なボーナスが使われた。

御厨はこの家を気に入っている。狭いけれどその方が自分達のライフスタイルには合っている。いずれもっと出世して、ランクアップしていこうという励みにもなった。

久しぶりの我が家は、とても綺麗に片づいていた。当然だろう。同居人の崎田は、まめに掃除をする男だからだ。

御厨は部屋の隅に立てかけられた、鏡に映った自分の顔を見て困惑する。

この長髪でビジネススーツは似合わない。かといって北条商事の社員ともあろうものが、ジーンズにトレーナーで出勤というのはありえなかった。

「明日、筧博士のところで髪の毛提出するまで、このまんまか」

「ずっとそのままでもいいいぜ。髪の毛触ると、すーぐにやりたくなるってのも便利だし」

「南平…あのな。俺にとっては笑えない話なんだけど」

もっと早くに、この副作用について知っていればよかったのだ。

そういえば現地で、一度だけ結婚式に出席したことがある。長髪同士のカップルは、華やかな布地の民族衣装に身を包み、香りのいい花を振りかけられて幸せそうだった。

他の民族と結婚式の様子はそんなに違いはない。唯一の特色は、式の最後の方になると、介添人達が新郎と新婦の髪を編み、さらにそれを二つ、しっかりと結び合わせてしまったことだ。

初夜の営みが終わるまで、その髪は解いてはいけないことになっている。昔からの慣習だから、意味もなくやっているんだろうなと御厨は見ていたが、実はあれにも深い意味があったのではないだろうか。

髪の毛への刺激が、性感を高める効果があると知っていたからだ。

いくら長髪とはいえ、髪の毛で結ばれてしまったら、トイレに行くのも大変だ。そんな苦労をしてまで結ぶのは、心と体が結ばれる象徴、なんて単純なものではない。

初夜の興奮を、より大きく味わうためだろう。

「女性の方も感じるのかな。しまった、訊いておけばよかった」

だが性的にはとても厳しい人達だ。何しろ独身の男が若い女性を見つめただけで、即時縁談になってしまうのだから。

女性がどう感じるかなんて、聞いても素直に教えてはもらえないに決まっている。

「んっ、俺って南平の妻だから、教えてくれたりしないかな。無理か…」

現地の人達も、最初は半信半疑だったようだ。男同士で結婚しているなんてありえないと思っただろう。

日本だって、結婚という形はない。そんな嘘をついた罰なのか。

御厨は恨めしげに自分の伸びきった髪を見つめた。

「明日には切ってやる。南平、俺は研究所に行った後で、ばっさりと切るからな」

「ふーん、いいの？　筧博士にとっちゃ、貴重な生体サンプルなんじゃねぇの」

洗濯物を洗濯機に入れながら、崎田は何だか楽しそうだ。

「切るって言ったら、絶対に切る」

「いいけどさ、どうすんの。床屋で髪洗ってもらったり、触られたりしてる間中、ずっとあの椅子で悶えてるわけ？　床屋の親父さんが許してくれるんなら、お前が悶える度にフェラしてやってもいいけど」

「南平……このサド野郎」

崎田に多少その気があるのは、身をもって知っていた。本格的などろどろしたものでないのだけが、唯一の救いだ。

「俺が切ってやろうか？」

「やだっ。これでも髪型には多少の拘りはあるんだからな。さらさらヘアが売りだったのにぃ。可愛いこの顔に似合ってただろ」

御厨は半べそをかきながら、鏡に映った自分の姿を飽きずに見ていた。その背後に、いつの間にか崎田の姿が映っている。

「東吾、それじゃあそろそろ、風呂に入ろうかぁ。髪の毛、洗ってあげるよ」

「やっ、やめろ。南平、目がいやらしい」

「そんなに冷たくしていいの？　東吾が開発した『愛の奇跡』、興奮剤入りのチョコだって、喜んで食べてやっただろ？」

「あ、あの後は、ちゃんと責任とっただろうが」

興奮剤入りのチョコのせいなのか、それともそれはただの口実だったのか、チョコを食べてくれたのはいいが、延々と責められた屈辱の日を忘れる筈がない。

崎田の手は、もう御厨の肩にかかっていた。と、思ったら、もう一方の手がすーっと髪を撫でていく。

「ひーっ、やめてくれっ」

「何でやめるの。ちょっと触っただけじゃないかぁ。それ以上、何もしてないぜ」

「駄目。離れろ、南平。昨日、あれだけやりまくっただろ」

「やりまくった？　あれで。いつかみたいにな。七発も続けてやったら、やりまくったって言えるけどな」

「半分はやってる。それだけでも多すぎだっ」

崎田の腕から逃れようと、じたばたと暴れる御厨を、そうはさせるかと崎田はぎゅっと抱き締めてしまった。

「はっ、離せよっ、このーっ」

「いけないなぁ、東吾。俺、抵抗されたりすると、余計に燃えるタイプなんだけど。ほんっとにっ、お前って、俺のツボ、刺激しまくりだわ」

御厨は抵抗を諦めて、では泣き落としに作戦変更しようと決めた。

潤んだ涙目で、懇願のポーズを取ってみる。

「俺、もうぼろぼろなんだよ。この変な副作用のせいで、この企画は失敗しちまうかもしれないだろ。売れないものを作ったって、しょうがないもんな。だけどこれで救われる人達も、確実に存在してるわけで」

「いるだろうな。こんな綺麗な髪が生えてきたら…」

またもや崎田は、項からずぃーっと御厨の髪をかき上げた。

「いやぁっ、だめ――っ」

叫んだ拍子に、御厨のものはぶるんと頭をもたげてしまった。ぴったりとしたジーンズの中で、急に容積が増えたのだ。それだけでも痛みを感じてしまい、御厨の体は自然にうねった。

「面白いなぁ、これ。東吾、すっかり俺のおもちゃだな」

「元から南平のおもちゃだろっ」

「分かってるじゃない」

崎田は遠慮なく、御厨の体に抱き付いてきた。

「ほれほれ、項攻撃だぞ。どうだ」

「やっ、やめろーっ、あうっ、いやっ、ああっ、んんっ」

「駄目だよ、そんなに染み出すほど濡らしたら」

「えっ」

いつの間にかジーンズのボタンは外れ、御厨のものは崎田の手に握られていた。

「やばいんじゃないの。こんなに感じまくりだと」

もみもみと握られて、御厨のものはじわっとまた先端を濡らしてしまう。

原料のザラの木は、幹を傷つけると白濁した樹液を垂らす。それを椰子油から作られた石鹸液で薄めて、シャンプーとして使用するのだが、樹液の様子がどこか精液にも似ていた。

節くれ立った枝の先から、滲み出る白い樹液。最初の方はやはり透明なところまで似ている。

「どうしたんだよ、黙っちまって」

「ザラの木に興奮作用があるなんて社長が知ったら…」

「全身に塗りたくるかな。いやぁ、毛深くなるかもしれないと思ったら、やらないだろうな。それよりこれだけでも、ほらっ」

またもや項からざっとかき上げられて、御厨はついに床に倒れた。

「やだぁっ」

ジーンズを半分下ろされた状態だ。裸の下半身を、崎田に向けて付きだした格好になっていた。

「そんなに欲しいのか。だったら…入れてあげないとね」

「ち、違う。南平が触るから、興奮しただけでっ」

それではとまた崎田は髪をすりすりと撫でた。

「い、いや、ああっ、いやぁ、か、感じるだろがっ、バカァーッ」

「俺もたまんねぇよ。どうしてそういう声が出るかな」

「ああっ、こんな体に…なりたくなかったのに」

「元からそういう体だろ」

崎田は背後から、いきなりの挿入を試みた。

乱暴にされても御厨は感じてしまう。優しくされても感じるから、これはもうどうしようもない状態だ。

「発毛剤じゃねぇよな。発情剤だわ、これ」

「いっ、えっ、ええーっ」

目を閉じて快感に耐える御厨の脳裏に、ザラの木が茂る森が浮かんだ。

樹液は秀《すぐ》れた育毛剤だが、年に一度成る実も、乾燥させて香辛料として使う。こんな便利な木が、他ではあまり繁殖しないのは、土壌を選ぶせいだった。

他の土地に植えると自然と枯れてしまう。それでこれまでは誰も、こんな作用のある木の存在を知らなかったのだ。

「な、南平。俺、一生このままだったらどうしよう。床屋で髪の毛洗ってもらうことも出来ないよぅ」

「平気だよぅ。女性スタッフばっかりのヘアサロンに行け」

「そ、そうか。そうだよね」

「最悪にやばい時は、俺が切ってやるから。こうしてはめたまんまで切れば、問題ないだろ」

「あるっ、あるーっ」

御厨は腰を小刻みに震わせて悶える。

昨夜に続いていくのは何度目だろうか。髪を触られるだけで射精するようになったら大変だと、気分は激しく落ち込んでいるのに、体は素直に悦びまくっていた。

潤一郎は部屋に帰るとしばらくぼうっとしていた。

恋の予感がする。

危ないときめき、これはしばらく忘れていた感情だ。

浮気をしないと誓ったのだ。何があっても、ビジネスライクにお付き合いするだけに留めないといけない。

「ケント・ウィンスレット…。ふーん、そうケントさん。いや、ミスター・ウィンスレット。間違っても親しげにケンなんて呼んだらいけないんだから」

声を掛けられただけだ。もしかしたら彼は乱視で、人の顔を見る時、ついじっと見つめてしまう癖があるのかもしれない。指輪はしていなくても、ステディな関係の彼女がいて、とても仲睦まじく暮らしているのかもしれないではないか。

そう思えば、あっさりと忘れられる。

それより問題なのは、おかしな検査表を寄越した女だ。さらに問題なのは、御厨が口ごもる副作用だった。

そっちの方に意識を集中した方がいい。考えなければいけないのは、ケント・ウィンスレットが服を脱いだ時、スーツの下の裸体がどうなっているかではなくて、新製品が無事に発売されるかだ。

「周太郎、遅い」

珍しく葛西が何の連絡も寄越さずに遅かった。松波弁護士だったら、潤一郎もよく知っている。

父が社長を務めていた時からの顧問弁護士だ。

大酒を飲む人ではない。女性が接待してくれるような店が好きなタイプでもなかった。

いつもなら会食だけで、あっさりと解放してくれる筈だ。著名な弁護士だけあって、依頼内容を簡単に説明するだけで、すべて要領よく飲み込んでくれる。説明のために時間を割く必要などない人だった。

「何かあったのかな」

待っている間にと、潤一郎は冷蔵庫の中から、赤ワインの小瓶を取り出そうとしたが躊躇した。

赤ワインを冷やして飲むのは、ワイン好きとしては邪道だろう。いくらカロリーがそれほどないとはいえ、シャンパンをボトル半分以上は飲んできた後だった。

「……ダイエットの必要なんてないさ。僕には『タイムリミット』がある…。いや、こういう依存傾向がまずいんだろう」

確かにまずい。無駄なものを許す、自分の心が問題なんだと潤一郎は、珍しくも反省する。

ワインと男を同列に扱うのもおかしいが、おいしいシャンパンを飲んできたというのに、なぜまだ酔いも醒めないうちに赤ワインに手を出すのか。

充分な食事の後に、スイーツもと手を伸ばすのは、まさに必要悪だ。

「僕は欲張りなんだな」

自分のために命を懸けてくれた葛西がいるのに、どうしてケントの誘いに胸をときめかすのだろう。そういった欲深な心が、呼ばなくてもいい不幸を呼び寄せてしまうのだ。

潤一郎は冷蔵庫のドアを閉めた。慌てて再びドアを開いたが、赤ワインは取らずに、その横のペリエを手にした。

「ただいま」

いつもより遠慮がちな声だ。まさか潤一郎がもう眠ったとか思ったのだろうか。

「お帰り」

葛西は潤一郎を見ると、にこっと微笑んだ。

いつもは帰った時からぶすっとしていたり、眉間に縦皺を刻んでいることの多い葛西にしては珍しい。

「つまらんものを買ってしまった。気に入らなかったら、捨ててくれ」

バッグを置くと、寝室にまっすぐ着替えに行く葛西だったが、この日はリビングのテーブルの上に小さな包みを置いていった。

「珍しいね。お土産？」

潤一郎はそっと包みを持ち上げる。

中身を見て驚いた。

「今日ってバレンタイン？」

洒落た包みの中には、有名ショコラティエの店で売られている、高級チョコレートが一粒だけ入っていたのだ。もちろん一粒といっても、安いケーキが何個か買える値段のものだ。

「嘘…周太郎が？」

葛西がこんな有名店を知っているだけでも不思議なのに、その店の人気商品を知っているのも不思議だった。

「周太郎…どうしたんだろ」

考えられるのは松波弁護士が、秘書か部下の女性を同伴していて、葛西に何か教えたかだ。

「せっかく赤ワインを諦めたのに。ううん、赤ワインを飲まなかったのは、同じポリフェノールでも、チョコからとれって意味なんだろうな」

潤一郎は素直に喜んだ。

葛西が潤一郎の好きなものを、わざわざ買ってきてくれたのが嬉しい。普段は男が甘い物に拘るなんておかしいとばかりに、潤一郎のスイーツ好きを嘲笑っていたのにだ。

「お酒も甘い物も好き。僕はやっぱり欲深だな」

バスローブ姿でソファに寛《くつろ》ぎ、ペリエを脇に置いてチョコを囓る。

そんな姿が似合う三十男はそういない。

潤一郎は貴重なそのうちの一人だった。

「おいしい…」

寝室の隣のバスルームに、今頃葛西は飛び込んでいるだろうか。

行って背中でも流してあげればいいのかもしれないが、今夜は何となく潤一郎も葛西の顔をまともに見られなかった。

こんなによく潤一郎のことを分かってくれる、素晴らしい恋人だ。

今夜出会ったばかりの男と、比較しようもない。

なのに心では、ケントとそうなったらどんな快感が味わえるのだろうと、つい想像してしまう。

「おいしいものはほどほどに…」

指についたチョコを舐める。

すると違ったものが舐めたくなる。

バスルームでは今、潤一郎の舐めたいものが綺麗に洗われている最中だろう。

このままベッドルームに行き、チョコを舐めた後で、お礼に今度はこれを舐めさせてと、いつものようにべったりと葛西に甘えかかればいい。

なのにそれが出来ないのは、どうしたというのだろう。

部屋の電気を消した。足音を忍ばせて寝室に入る。

すると珍しいことに、葛西はもうベッドの中だった。

「周太郎、寝たの?」

「すまん、明日も早い。昨日は遅くまで本を読んでいたし…寝かせてくれないか」

「……いいけど……」

いつもの潤一郎だったら、ここで大騒ぎになるところだ。チョコレートまで贈っておいて、それはないだろう。もっと幸せな気分を感じさせて欲しかったのに、中途半端に放置とはどういうことと、激しく詰め寄っていたに違いない。

「潤一郎、その…チョコレートを食べたんなら、歯を磨いて寝ろよ」

「うん…おやすみ」

あまりに素直だと、かえって疑われるだろうか。いつもなら嫌みの一つも追加してくる葛西が、今夜は背中を向けたままだ。

潤一郎は歯を磨きながら、あっと思わず叫んでいた。

今夜セックスしなければ、またもや一日の摂取カロリーが、消費カロリーを上回る。おまけにチョコレートの分まで加算されているのだから、大変なことになる。

「明日は、早起きして走らなくっちゃ」

それとも二日分蓄えたエネルギーを消費するほど、激しいセックスをすればいい。

そう考えてしまった潤一郎は、慌ててぶるぶると首を振った。

翌朝、崎田は、まだベッドでぐすぐずしている御厨の枕元で、いきなり叫んでいた。

「東吾、出掛けるぞ。着替えろ」

「…んーっ…」

「足のすね毛も剃《そ》れよ。何なら、剃ってやろうか」

「んっ？」

まだはっきり意識の戻らない御厨は、そういえば昨夜、ベッドで崎田が何か囁いていたのを思い出した。あれはどういう意味だったのだろう。

「眠い…時差惚けかな」

「時差惚けって、二時間だろうが。今日は筧博士のとこに行くんだ。博士、東吾の帰りを楽しみに待ってるみたいだぜ」

「んーっ、わかった」

寝起きだというのに、寝癖もなく髪はさらさらだ。気のせいかまた伸びたようで、御厨はばさっと髪をかき上げた。

「今日こそ、切る。切るからな」

「シャワー浴びるついでに、すね毛だ。いいなっ」

「よせよ。変態ごっこは夜にしてぇ。朝から、何言ってんだか…んっ…マジかよ」

ふらふらとバスルームに向かおうとした御厨は、部屋の隅に吊された服を見て呆然とする。

女性物のスーツだった。

「南平ーっ、ふざけんなっ。ごりゃあっ、どこまで変態ごっこすれば気が済むんじゃあっ」

思いきり崎田にぶつかっていった御厨だが、あっさりとホールドされてしまう。

「駄目だよ、東吾。説明聞いてなかったのか。ここのマンションの入り口には、もう見張りが付いてんだよ。御厨東吾が帰ってきて、北条商事に出社するのを、何日も前からしぶとく待ち構えてるんだ」

「どうしてっ」

「やつらは東吾が次に何を手にしたか、どうしても知りたいんだ。『タイムリミット』で脅しをかけてるのは、俺達の注意をそっちに引き付けておくためさ」

「俺が帰ってきたって、もう知られてるのか」

「知られてないと思うがな。どうだろ」

「昨日、見られたよな」

潤一郎がタクシー代を支払ってくれたので、マンションの入り口で降りて素早く入ったが、あれでもチェックされてしまったかもしれない。

確かにスーツ姿で出て行ったら、髪は長くてもばれてしまう。

「東吾を迎えに行く前に、こっちも対抗して興信所を雇った。このマンションの入り口に張り付いてる連中、車のナンバーから顔まで、すべてチェック済みだ」

「何だよ、もうそこまでやってんのか」

御厨の体からへなへなと力が抜けていった。それを崎田は楽々支える。

「だから、今日のご出社は、女装でよろしく。筧博士のところに東吾が今日行ったとばれると、後でいろいろとまずいんだよ」

「今日はよくても、明日はどうすんだよ」

「ストーカー行為で、興信所のやつらを警察に通報する。その後は、俺が命懸けで東吾を守るだけさ」

照れたように崎田は言ったが、御厨はその言葉だけで大きな目を潤ませていた。

「ああ、やだやだ、この変な髪の毛のせいで狙われるなんて…。でも南平、絶対に楽しんでる。どうせなら爺さんに変装でもよかったのに…」

「文句は言わない。シャワー浴びろっ！」

「うぇーん」

御厨はバスルームに飛び込むと、昨夜崎田に散々蹂躙《じゅうりん》された体を綺麗に磨いた。そこに置かれた剃刀を手に、仕方なく足のすね毛を剃る。

「絶対だ。絶対、南平は楽しんでる。気をつけないと、スカートだからな。手が楽に入るから、何されるかわかんねぇ」

市販のシャンプーを手にした御厨は、慌てて元に戻す。今はまだ、現地で使っていたもの以外は使ってはいけないのだ。

　持ち帰ったシャンプーでまた髪を洗った。泡立ちもよく、使用感は最高だった。

「これ使ってたら、ずっと南平の奴隷のままだ。いや…使ってなくても同じか…」

　崎田の、葛西並みの行動力は認める。相手の目を誤魔化す作戦もよく考えていた。

　いざとなったら御厨を守るために、相手の二、三人を殴り倒すくらいはしてくれるだろう。手荒な産業スパイが御厨ごと拉致しようとしても、崎田が絶対に守ってくれると信頼はしていた。

　それでもやはり今回の作戦は、崎田の趣味としか思えない。

「いいか、やつらは東吾が家に帰ったのは知ってると思う。昨夜二人で帰ってきたからな。あの時に、パーカーのフードをかぶれって言った意味、これでわかったか」

「んっ」

　バスタオルで体を拭きながら、御厨は足の点検をする。つるつるになってしまった足は、多少ごつごつしていたが綺麗だった。

「マンションのセキュリティシステムがあるから、上までは来られない。やつらは入り口で待ち伏せるしかないのさ」

　崎田は得意げに作戦を説明しながら、妙なぷよぷよしたものを差しだした。

「何、これ？」

「ヌーブラ。貼るだけであなたもAカップ」

「うそーっ、ぬちゃっとしてキモッ」

「パンツは可愛いビキニ。いつものだけどな」

激しく首を振って、御厨は違うと抗議した。

「いつものはトランクス。またはボクサータイプのニットトランクス。悪いけどこれは、南平が俺に穿《は》かせたがるってだけ」

「俺が買ってやったパンツに文句言うの。これは珍しい、横紐タイプのビキニだぜ」

御厨はそこでまたぶんぶんと首を振った。

こんなビキニを穿いて、スカートなど穿いたら最後、崎田のいい餌食だ。そのまますぐに脱がせて、どこでもやらせろと迫るに決まっている。

「この格好で出社しろとは言わないだろ」

「言ってもいいけど」

崎田は嬉しそうに笑っている。

「ノッ、それだけは死んでも嫌だ。社員旅行の余興だったら、どんな恥でもかいてやるさ。だけどな、会社は…会社は、俺にとっちゃ命を懸ける場所なんだ。あんまりふざけた格好でなんか行きたくない。髪が長いだけでも嫌なんだっ」

哀しげな御厨の声に、崎田の顔も急に真面目になる。

「安心しろ。俺がガバメントケースにスーツ入れて、持っていってやるから」

「マジッ」

途端に御厨の顔が、ぱっと明るくなった。

「ああ、東吾のいいとこはそこだもんな。芯からリーマンだよ、お前」

「当たり前だろ。俺は日本のサラリーマンだっ」

自分の手で、ネジ一つ作るわけでもないが、物を動かすだけで利益を生み出す商社マンにも、それなりのプライドはある。

「東吾、北条商事社員のプライドがあるんなら、自分で開発した商品を守るために努力しろ。他の会社だったら、企画部の社員ってだけで、こんなに好き放題、やりたいことをやらせてくれたりしないぜ。あのまったりした社長だから、許してくれてるんだ」

「そうだな。俺が考えた夢みたいな商品、実現化してくれるのは、うちの会社くらいなもんだ」

「分かってるんなら、ほれっ、パンストにスカート」

「……」

どうも崎田にうまく丸め込まれたような気がする。それでも御厨は、素直に着替え始めた。

黒の女性用ビジネススーツだ。多少肩幅は張っていても、このデザインなら気にならない。

「こんなもん、いつ揃えたんだよ」

シャツはさすがに女性物でもゆったりしたデザインで、大きめのものを選んでくれている。スーツは多少きつかったが、御厨の体にぴったりフィットしていた。

「社員旅行のためにとっといたんだけどな。そうか、社員は誰も見てない。まだ有効だ」

「無効にして欲しい…」

パンストとかいいながら、二本別々のストッキングを見て、やはりなと御厨は崎田を疑う。ガーターベルトで留める旧式のストッキングは、それだけでどこか淫靡《いんび》な雰囲気だった。

「いいね、いいねぇ。似合ってるねぇ」

「褒《ほ》められても、うれしかねぇって」

「化粧は、口紅程度でいいだろ。東吾は美人だかんな」

崎田は御厨の顎を捕らえて、じーっと観察した後、隠し持っていた口紅を取りだした。

「眼鏡って手もあったか。忘れた。今度、用意しとくからな」

「いらねぇっ。ちゃちゃちゃっと塗ってよ」

手早く口紅を塗られた御厨は、鏡の中の自分を見てあーあとため息をついた。

自分でもちょっと美人だなと思ってしまったのだ。

いや、ちょっとなんてものではなく、結構いけてんじゃんにまでなってしまった。これなら誰が見ても、若いキャリア組の女性に見える。

「チュウしよっか。口紅のついた口でってのも新鮮」

御厨は崎田の体を強く押し戻した。

「筧博士が俺だって気が付くと思う?」

いや、こんな姿では、親でも御厨だと気が付かないだろう。

「気が付かない方に、明日のランチを賭ける」

「俺も気付かないに賭けるから、成立しないや」

こうなったらもう覚悟を決めるしかない。御厨はふんっと気合いを入れた。

「南平はどうすんの。一緒に行く？」

大きめの黒のバッグに、御厨は別に用意した何本かのサンプルを入れた。バッグを肩から下げると、ますます本物のキャリア女性っぽい。

「俺は地下鉄で行く。東吾はタクシーで行け。俺はまだマークされてないと思うけど、のんびりと遠回りしていくよ」

「この格好で一人で行くのか」

「生きたサンプルなんだぜ。気をつけて行けよ」

「そうだったな」

自分が大切な生体見本であることを、つい忘れがちだ。この髪を筧博士の研究所に届けるまでが仕事だと、御厨は再度気合いを入れて、ローヒールのパンプスに足を突っ込んだ。

「南平、先にいっとく。外では絶対に、俺の髪に触るなよ」

指差して崎田に命じても、素知らぬ顔をしてネクタイを締めている。

こんなおいしいシチュエーションで、崎田が御厨に手を出さない保証はどこにもなかった。

部屋を出る時、誰にも会わないことを願った。ところがうまくいかない。二軒先の旦那が、ちょうど出社してくるところに出くわしてしまったのだ。

エレベーターでは目を逸《そ》らし、出来るだけ相手に近づかないようにしていた。これまでは朝に会っても知らんぷりを決め込んでいたその男は、そわそわと落ち着かない。盗み見るようにして御厨を見ている。

つい癖になってしまった髪を上げる動作をしてしまった御厨は、男の様子にはっきりと欲望を感じた。

美しい髪は、男を発情させる効果もあるのか。

御厨の場合は、美しい髪のせいで発情してしまうのだが。

エレベーターはマンションの一階、エントランス部分に到着した。

崎田は見張りがいると説明してくれたが、内心ではそんなものいるかと疑っていた。それより男の視線の方が厄介だなと思っていた御厨は、マンションの外に停車している車に気が付いた。

そういえば昨夜、帰ってきた時からあった。どうして覚えているかというと、後部座席に秋葉原にある、マニア御用達の電子部品のショップの袋があったからだ。

車の中には、シートを倒して男が窮屈そうに眠っている。御厨に気が付いて目を開けたが、スカートから出ている足を無礼にもじろじろ見ただけで、すぐに視線を外してしまった。続く通勤途中の男にも、興味は示さない。

まだ部屋で寝ていると思ったのだろう。もしいつものビジネススーツ姿で出て来たら、たちどころに尾行が開始することになっているのだ。

自身が北条商事にスパイとして入り込んだ足利だ。御厨を拉致してでも、情報を引き出すくらいのことはやりかねない。

崎田の作戦は正しかった。

好色な視線に耐えられれば、秘密は守れる。研究所に髪の毛を無事届けられれば、御厨は自由になれる筈だった。

潤一郎がジョギングに出掛けた隙に、葛西は家を出た。どうしても潤一郎の顔をまともに見られない。どこかに罪の意識があるせいだ。

実は葛西は、食事の後、高梨の家に寄ってしまったのだ。

もちろんセックスが目的で行ったわけではない。高梨と話をしていると落ち着けて、もっと話していたくなったからだ。

大学時代から住んでいるという高梨のマンションが、会食した店からそれほど遠くなかったのもいけなかった。食後に珈琲でも飲みながら話しますかと聞いたら、ほんの少し遠回りするだけでよければ、うちで美味しい珈琲を淹れますがと言われて、ほいほいついていってしまったのだ。

通り道に洒落たスイーツのショップがあった。そんな店に興味などない葛西は、てっきりケーキを売っているのだと思った。高梨の家で珈琲を飲むのに、自分は食べなくてもケーキくらいは持っていこうと思ったら、何とチョコレートの専門店だった。

高梨のために幾つか買ったが、自分が食べると高梨には偽って、一番高いチョコレートを買った。何だか潤一郎に申し訳なくて、つい手が伸びたのだ。

あれは罪滅ぼしという名前のチョコレートだと思う。正式な名前はついていたようだが、葛西には罪滅ぼしとしか覚えられなかった。

もちろん葛西だって、人様の家を訪問することはある。数少ない上司や、同じ部長クラスの連中の家には年始や見舞いで何度も訪れた。それ以外にも取引先の社長と懇意になって、個人的に招待されたこともあった。

けれど大学時代の友人を、訪れるようなことはもうない。趣味で続けていた剣道も行けなくなってしまって、そっち関係の人脈は途切れた。

そうして改めて周囲を見回してみると、遠慮なく付き合えるような友人の数が減っていた。皆、仕事絡みの知り合いか、上司か部下ばかりだ。

葛西は、高梨に普通の友人関係を求めたのだと思いたかった。

けれど潤一郎は、そう単純には考えてくれないだろう。

高梨はずっと年下だが、職業柄か思慮深い。教養もかなりあり、話していても面白かった。仕事以外の話で、長時間話すのも久しぶりだし、何より高梨は聞き上手だった。

一緒にいるとリラックス出来る。だから誘われるままついていったんだと、葛西は言い訳を自分の中で用意していたが、本心はどうも怪しい。

胸に湧《わ》き上がる怪しいときめきは、はるか大昔に潤一郎に感じたものに似ている。

潤一郎も愉しい男だ。教養もそこそこあるにはあるし、趣味の話になると結構話し続ける。

だが潤一郎の欠点は、ある程度の時間が経過すると、自然に体が葛西に密着するようになり、話すよりもキスを求めてくることだった。

どんなに話の続きをしたくても、あのまったりとしたゴージャスな体が、アリュールの甘い芳香を漂わせて抱き付いてきたら、どうしてもそこで話は終わってしまう。

葛西だってセックスが嫌いなわけではないが、そればかりではやはり物足りないのだ。

夜は会食で飲む機会の多い葛西は、会社へは電車で通っている。先代の社長から勤務している、専属の運転手がいる潤一郎の車に、同乗して出社することは滅多にない。

駅までの道を歩きながら、葛西はいつの間にか増えていく人の流れを見ながら、ふと、いつもは感じたこともない寂しさを覚えた。

仕事は充実している。恋人の愛は冷めることなく、潤一郎は三十を過ぎてもますます美しい。

葛西は幸せな筈だ。

なのに寂しい。

自分と同じ年頃の男達の顔を、それとなく盗み見た。

朝だというのに、みんなどこか疲れた表情を浮かべている。葛西と同じように、仕事も家庭も充実しているのに、心の中にぽっかりと孔が空いたように感じているのだろうか。

こんな感慨に浸っている時間はないのだ。新製品の特許を申請し、製品化して売り出すまで、何があっても守り抜かないといけない。大手他社に気付かれたら最後、機動力と資金ではまだ力不足の北条商事では負けてしまう。

タイムアウトと宣告される前に、ゴールに飛び込んでいないといけない。

満員電車に揺られている間、葛西は電車内の広告をぼんやりと見る。そこに宣伝されている会社のすべてに、同じような苦労があるのだろうかと考えた。

高梨と話していて、戦国武将を精神分析したらという話題が面白かった。武将は現代で言えば、会社経営者だろう。だからこそ戦国時代ものは、ある程度の年齢の男達に支持されているのだ。彼等が社長だったら、誰が一番儲けたか。そんなことを高梨は、おいしい珈琲を淹れてくれながら話していた。

今夜は食事をご馳走したいと言われた。それじゃあ、仕事の後で寄りますと、葛西は答えてしまったのだ。

潤一郎はどうせまた会食だ。どこか外国のコラムニストのインタビューを受けるとか、はっきりしない口調で言っていた。

浮気するつもりかと疑ったが、むしろしてくれた方がありがたいと思い始めていた。

潤一郎にも疚《やま》しいところがあれば、葛西のこの疚しさも帳消しになるような気がする。

実際にセックスまでしてしまうだろう潤一郎と、セックスはしなくても、別の誰かといる時間を愉しんでしまうのと、罪は同じだと葛西は考える。

そうか、ついに俺も浮気したのかと、葛西は認めた。

四十にして惑わず。

そんな言葉が脳裏を過ぎる。

七つ下がりの雨。

つまり四十過ぎの遊びは、止まらなくなるという戒《いまし》めの言葉まで浮かぶ。

七つ下がりは大雨になるのだろうか。脳内が曇って、何も考えられなくなるほどに、びしょびしょと雨が降るならそれもいい。

たまには雨の中、濡れて歩くのもいいじゃないかと考えてしまう。

高梨は男と寝たがるような人間ではない。ましてや大切なクライアントだ。葛西に好感は抱いても、友達の関係を崩しはしないだろう。

だから余計に安心出来る。

葛西だけが浮かれて、脳内で恋愛ごっこをしているだけだ。それだったら何の罪にもならない。

今夜、葛西は高梨の家に行く。そして昨夜の続きをするのだ。

居心地のいい部屋での、静かだが愉しい会話。あまりにも普通で穏やかで、そこに恋愛感情など忍び込む余地があるのかと思えるような時間だ。

そういえば亡くなった妻と過ごしていた時間も、そんな穏やかなものだった。

彼女は外に出ることもほとんどなかったが、読書家で教養も深かった。人の痛みを理解する力に長け、誰よりも聞き上手だった。

昨日から感じていることだ。

高梨は妻に雰囲気が似ている。顔だけではない。葛西の話に、微笑みながら頷く様子や、決して相手の話の腰を折らない話しぶりまで似ていた。

葛西は自分が思っていたよりずっと、疲れていたんだなと思う。

誰かに癒されたいなんて、甘えたことを考えているのがその証拠だ。

電車は東京《とうきょう》駅に滑り込む。

丸《まる》の内《うち》。日本経済の聖地は、今日も大勢のサラリーマンやオフィスレディが、それぞれの勤務する会社のあるビルに飲み込んでいく。

この聖地では、何かが生産されることはほとんどない。

なのに各会社のパソコンの中には、膨大な数の商品のリストがあり、外貨を含む信じられない金額が、右へ左へと流れていく。

立ち止まることは許されない。

葛西はそう自分に命じて、ずっと日本経済の片隅を泳ぎ続けてきた。

同じようなサラリーマン達より、僅かでもリードするために。

けれどこの瞬間、葛西は流れから上がって、しばし日なたで体を暖めたいと思ってしまったのだ。

筧《かけい》研究所は、民間の企業から依頼されて、商品の成分を分析したり、モニターテストを実施している。北条《ほうじょう》商事はいいお得意様だった。

所長の筧博士は、白衣の釦《ボタン》もやっとしまっているような、巨漢の五十代だ。約束した時間に所長室に現れた御厨《みくりや》を見て、筧博士は眼鏡の奥の目を細めた。

「北条商事にこんな美人がいたなんて知らなかったなぁ。御厨君は？　帰国したんだろ」

「所長…俺です。企業秘密を死守するために、こんな格好してますが」

「その声は御厨君だが…それ、鬘《かつら》か？」

「生体サンプルです。鬘じゃありません」

皺の寄った筧博士の目元が、ひくひくと動く。

信じられないと無言のうちに示していた。

「この髪、全部差し上げたいくらいですよ。あーっ、早く、元の俺に戻りたい。所長、さっさと切ってくださいよぅ」

「待ちたまえよ。崎田《さきた》君はどうした」

「後から来ます。崎田はどうでもいいですから、ばっさりと切っちまってください」

スカートを穿《は》いているのに、大きく足を開いた御厨は、両手の拳を握ってふるふると震えていた。

「御厨君、何を怒ってるんだね。せっかく可愛い格好してるのにぃ」

「これが笑ってられますか。家の前にずっとおかしなやつらが張り付いて、俺を監視してるみたいだし、『タイムリミット』に麻薬が入ってるなんて、おかしなことまで言われてるんですよ。あれは、俺が初めて開発した商品です。そんなおかしなもんなんか使ってないですよ」

御厨は怒りの表情のまま、寛博士の前の丸椅子に座った。博士は丁寧に、御厨の頭髪を調べ始めた。

「産業スパイですか？　もう、うざってぇーっ。自分達でせっせと売れる商品を開発すりゃいいじゃないですか。人が見つけたものを盗んで、売りに出そうなんて最悪。裏でいろいろやってるやつが想像つくんだけど、がっつーんと言わせてやれるだけの証拠ないしぃ」

「怒りたい気持ちは分かるが、それが企業ってもんだよ。いかに戦い、勝ち抜いていくかだ。君も勝ちたいから、レースに参加しているんだろ」

「……どうだろ。そうだな。かもしれませんね。勝ちたいです、はい」

「そうそう、素直にしてるのが君らしい。んーっ、しかしいい髪だ。元々、髪質は悪くなかったが、こりゃあかなりいい。髪の毛専門の研究機関に調べて貰おう。いい結果が出そうだ。頭皮の状態も調べさせる。崎田君が来たら、移動だ」

「えーっ、ここで終わりじゃなかったんですか」

御厨はうんざりしていた。

スカートは寒い。下に穿いているのが小さなビキニ一枚では、余計に寒く感じられる。

そのままの格好で、簡単な検査をされた。髪の毛を何本か抜かれたり切られたりしたが、その途中で御厨は気が付いた。

寛博士には、いくら髪を触られても発情しない。美容師に髪を弄《いじ》られているような感じしかなかった。

「所長、頭に性感帯ってのはあるんですか」

一部分をばっさり切られた御厨は、つい寛博士に訊いてしまった。

「触られてるうちに気持ちよくなったか？」

「い、いいえ、現地の人達が、これを使うと頭皮の性感帯が増すって、そんな話をしていたみたいだから」

寛博士にまで発情されては困る。御厨は慌てて言いつくろった。

「人それぞれじゃないか？　頭皮を刺激すると気持ちいいってのは聞いたことがあるが、性的に興奮するってのはどうかな」

「そんな効果があったら、やはり問題ですか？」

「人間には自制心があるだろ。多少怪しくなっても、じっと我慢すればいいんだよ」

じっと我慢の出来ない自分がいけないのかと、御厨は焦った。

「それより現地での食生活に何かあるのかもしれないよ。そういった刺激物を、彼等は常食しているのかもしれない」

「あっ…そうか…」

目から鱗《うろこ》がぽろっと落ちていったようだ。食生活が戻れば、もうあんな思いをしないで済むかもしれないと御厨が笑った途端に、ドアをノックする音が響いた。

「所長、遅れてすいません」

やっと現れた崎田に、筧博士は命じた。

「待ってたよ。大学の研究室に移動だ。そこで検査したら、御厨君の髪を切ってあげなさい。本人がいらついてそうだから」

「所長ーっ、ありがとうございますっ」

筧博士の声は、天から響いた神の声のように聞こえた。よっしゃあと喜ぶ御厨を無視して、筧博士は崎田に向かって言った。

「『タイムリミット』は何の問題もなしだ。麻薬類が入っているのに、検出出来なかったなんてことになったら、うちの信用にも関わってくるからね。崎田君、徹底的にやった方がいい。間違っても変な脅しに乗って、金なんて払うなよ」

「しませんよ、そんな馬鹿なこと。あっちの対応は、葛西《かさい》部長がやってくれてます。あの人にかかれば、裏にどんなやつらがいるか、あっと言う間に暴いてくれちゃいますよ」

崎田は誇らしげに言う。

上司である葛西を、誰よりも尊敬し、目標としているからだ。

「原料の木を植樹する準備も整ったし、工場も稼働目前です。後は、副作用とかがあるかどうかですが」

崎田もそこで言葉を濁す。

「一度髪を切って、二週間くらい、東京《とうきょう》の水での使用結果を見たらいいんじゃないか？　現地の水と違う、塩素入りの水道水だと、思ったような効果が出ないかもしれない。こちらもモニターテストを開始するよ」

「はい、ありがとうございます」

御厨と崎田は、どちらからともなく目を見交わした。

モニターテストの結果、全員が御厨のようになってしまったらと思うと不安だ。

発毛剤ではなく、発情剤だと騒がれてしまう。

女装までさせられて守った新製品だ。

そうなったらなったで、違う売り方もあるさと、御厨はここで腹を括《くく》った。

洒落たヘアサロンに、いきなり飛び込んできた二人を見て、女性のスタッフは遠慮がちに声をかけた。

「お二人ですか？」

スーツ姿の若いサラリーマンの手にしているガバメントケースは、出張の帰りかなと思わせた。その横にいる女性の髪型が変だ。喧嘩相手に鋏《はさみ》でばっさりと切り取られたかのように、ところどころおかしな切り後がある。

さては出張前なのに、恋人と大喧嘩して鋏で髪を切ったのだろうか。詫びるつもりで髪を切りに連れてきたのかと、スタッフはそれとなく二人の様子を窺う。

崎田はヘアサロンのスタッフの意向など知らない。適当にヘアモデルの出ている雑誌をぱらぱらと見ていて、ああこれだと呟くと、ぱっとスタッフの前にかざした。

「悪いけど、至急この髪型にしてやってくれ。それと切った髪の毛は、持って帰るから、ビニール袋にでも集めて」

「はっ？　髪をお持ち帰りになるのは構いませんが、あのぅ、こちら、とても綺麗な髪をしていらっしゃるから、もう少し長目でも」

「いいんだ、これで」

「ですが、そちらメンズモデルですが」

崎田はそこでうーんとため息つくと、眉を寄せて怒ったような顔をした。

「シャンプーはしなくていい。この髪型、いいか、これだよ、これ。これと同じにさくさくっと切ってちょうだいよ」

「はっ、はい」

逆らってはまずそうだと感じたのか、スタッフは大急ぎで御厨をケープで包み、ジャキジャキと髪を切り始めた。

「本当に綺麗な髪してらっしゃいますね。短くするの、もったいないです」

愛想笑いを浮かべていたスタッフは、何を話しかけても御厨が返事をしないので、これはもしかしてかなりやばい客だと思ったようだ。

他のスタッフが、凶器になりそうな鋏や剃刀《かみそり》を、それとなく崎田の周囲から遠ざけている。

崎田は待合室の椅子に足を拡げて座り、煙草《たばこ》を取りだして吸い出した。他の客も、みんな言葉が少なくなる。何があるのだろうという緊張感が、午後の静かなヘアサロンからいつもの饒舌《じょうぜつ》なお喋《しゃべ》りを奪っていた。

御厨を担当したスタッフは、一刻も早く店の雰囲気を平常に戻したかったのだろう。驚異的な速さで、御厨の髪を切り整えていく。

その横ではまだ新人のスタッフが、落ちていく髪を必死になってかき集めていた。

御厨は怒ったような顔のまま、じっと鏡を睨み付けている。怒りの表情も、髪が短くなるにつれて和らいでいった。

「お客様、いかがでしょうか」

引きつった笑顔で、スタッフは御厨の後ろに合わせ鏡を開いた。

すっきりした襟足。少し前髪が長めのさらさらヘア。リクルート学生のような清潔感。

そろそろスタッフも、黒髪の美女の正体に疑問を持ち始めたようだ。この髪型にした途端、ボーイッシュな美女になる筈だった御厨の顔は、ただの可愛げな若者になってしまっている。

「ようし、いいな。悪いけど、更衣室借りるよ」

御厨が終わったと知ると、ずいっと立ち上がった崎田は、低い押し殺したような声で言う。

「更衣室、あるだろ？」

着物の着付けもするヘアサロンには、更衣室が用意されていた。スタッフは強ばった表情のまま、リクルートヘアにキャリアスタイルの不思議な女性と、今にも懐から銃を取り出しそうな怪しげな男を案内していく。

「しばらく借りるよ。悪いな」

凄みのある声で崎田は言うと、さっさとドアを閉めて内側から鍵をかけてしまった。

御厨は両拳を握りしめて、ガッツポーズを決めている。

「やったぁ、やったよ。これ、これですよ。リーマンの基本、爽やかな身だしなみでしょう。これだってばさ」

着替えの入ったガバメントケースを御厨は開こうとする。けれど崎田が、巧みに背後からその体を抱き締めてしまった。

「なーんぺーい。よそう。ここがどこか分かってるかぁ」

「どれっ、切りたてでも感じるかな」

背後からすーっと頭を撫でられた御厨は、ぎゅっと歯を食いしばって声を出すのを耐えた。

「感じない、感じないったら、感じない。着替えるんだ、離せ」

抵抗しようとする御厨の体は、全身を映す鏡に押しつけられる。すぐに崎田の手はスカートの中に入り、紐のビキニを解きにかかっていた。

「ばっ、バカッ、こんなとこで」

「しっ、声だすなよ。騒ぐとおねぇさん達に気付かれるぜ」

当然、中の気配に誰かが聞き耳を立てている筈だ。御厨はまんまと崎田の狙い通りになってしまったことを悔しく思いながら、床にひらひらと落ちていく小さなビキニを見つめていた。

「南平《なんぺい》はコスプレ好きの変態だ。プチサドだしぃ」

「それでも惚れてるんだろ。素直に認めてくれて嬉しいぜ」

鏡に御厨を押しつけながら、崎田はスカートをめくり上げて顕れた、御厨の引き締まったヒップを撫でさすっていた。

「ご迷惑をかけないように、細心のご注意も忘れてないんだよなぁ」

ポケットから取りだしたコンドームを、崎田はぴっと口の端で破く。あまりの手際のよさに、御厨は鏡に手をついた姿勢のまま呆れていた。

「葛西部長と南平の決定的な違いはこれだ。部長は仕事ではあらゆる手を使うけど、エッチはここまで熱心じゃなさそう」

「だろうなぁ。それが社長との間に、大きな溝を作らなきゃいいんだけどな」

ゼリーがたっぷりついたウェットタイプのコンドームを、崎田は自分のものに被せる。すぐに被せられるということは、御厨が髪を切っている間にも、脳内ではこんな場面を想像して、密かに興奮していたのだ。

「髪が長い時より、この方がずっと興奮するぜ。いっそドアの鍵外して、覗かれそうなスリル味わいながらやろうか」

耳元で囁く南平の言葉に、御厨は思わずその足を力一杯踏んでいた。

「おっ、そんなことすると、本当に鍵開けちゃうぞぅ。どうする？」

「は、早くやっちまえよ。いつまでもこんなとこにいたら、変に思われる」

「もう充分に、変に思われてるさ」

崎田は御厨のそこにあてがい、強引な挿入を開始した。

「いつもこればっかり…」

「好きだろ、無理に突っ込まれるの」

「……」

好きなもんかとでも言おうものなら、崎田は平気で鍵を外しかねない。御厨は黙って唇をきつく引き結んだ。

そんな顔もすべて鏡越しに崎田に見られてしまう。崎田は巧みに御厨のスーツの上着をむしり取り、女物のシャツを引きはがした。

胸に貼り付けたブヨブヨのブラも、べりべりと剝《は》がしていく。すると元はスカートだった布地を腰に巻き付け、ストッキングを穿いただけのまぬけな格好の男が現れる。

「恥ずかしいだろ、東吾《とうご》。もっと悔しそうに泣いてもいいんだぞ」

「……」

「だったらこれか」

崎田の手が、剃《そ》り跡もざらつく項に伸びた。

「くっ……」

御厨は耐える。

困ったことに耐えれば耐えるほど、感じてしまう自分がいた。纏《まと》わり付くスカートの間から、何やらピンクのものが顔を出している。またもや興奮してまったようだ。

「……過労死しても…この年じゃ…労災扱いにならない…よね？」

「どうか…な」

過労死するなら崎田も同時期だろう。あれだけやっていても、一月の間に溜まった分を消費するまでは、攻撃の手を緩めるつもりはないらしい。

「んっ…んんっ…んっ」

耐えきれずに声が出る。すると更衣室の外から様子を窺ってでもいるのか、コトンと何かがドアにぶつかる音がした。

「どうした。任務とはいえ、おかしなところに隠したりするからだ」

「…えっ…」

突然意味もなく、崎田の大きな声が響く。

「早く出せ。出ないのかっ」

ぐっぐっと突き入れているのは崎田だ。そんなに出したければ、自分が先に出せばいいだろうと御厨は恨みがましく思う。

「出ないんなら手伝ってやろうか」

「手伝ってる…くせに」

御厨の声はもう掠れている。

昨夜もさんざん叫ばされたのに、またもやここで口を開き、犬のようにハッハッと呼吸を荒らげていないといけないなんて、何とも情けなかった。

「ああっ…んっ…んっ、んくっ…」

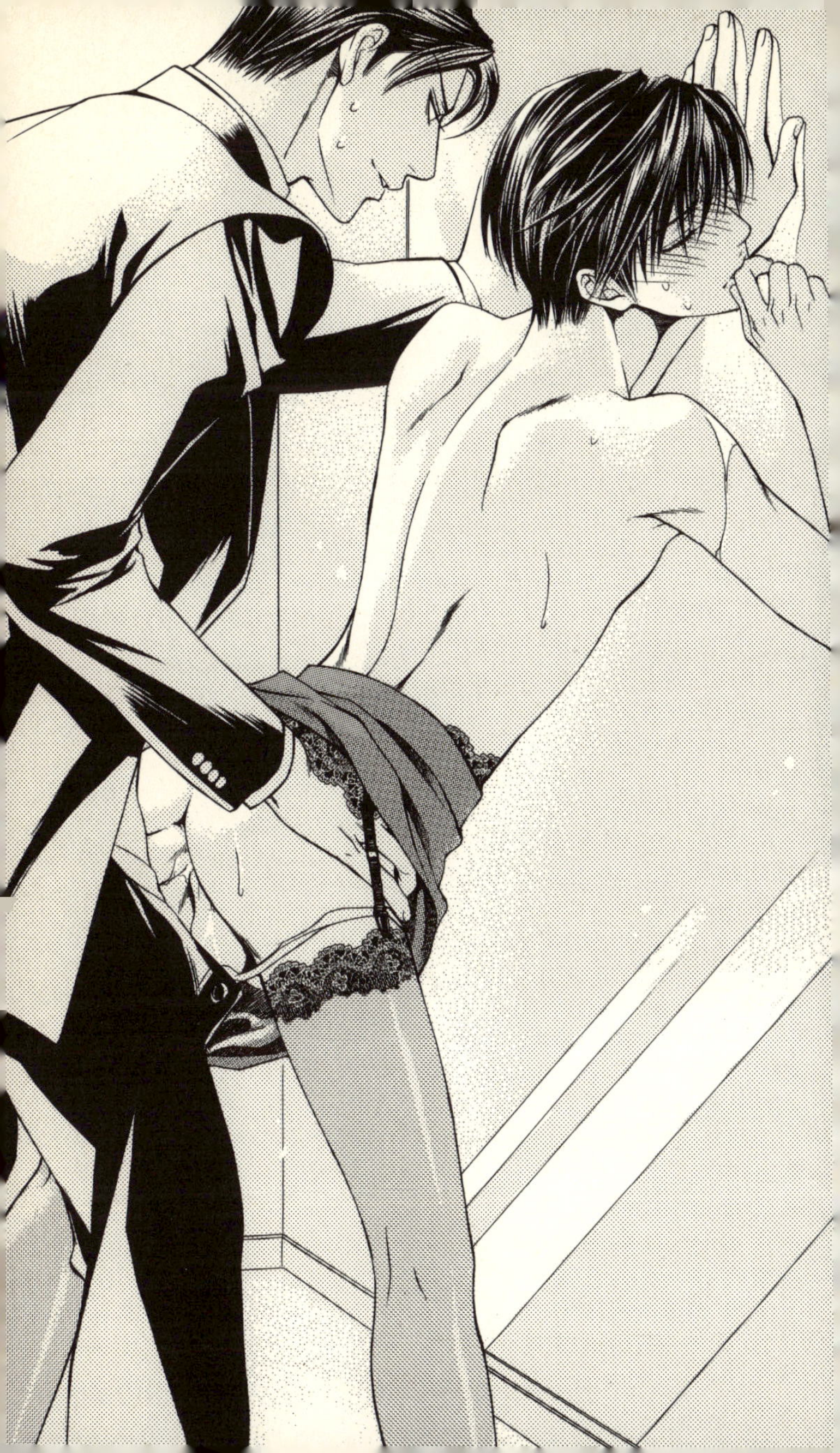

「泣きたい気持ちはよくわかるよ。悔しいんだろ。やられっぱなしじゃなぁ」

「な、南平…な、なに…」

「だが正義は必ず勝つっ」

「せいぎって…」

興奮してしまった御厨のものにも、崎田は即座にコンドームを被せる。そして手でこすり始めた。

「んっ…な、何…んっ、ああっ」

「よーし、でそうか。よく頑張った」

せっせと御厨を犯しながら、よく呑気に喋っていられるものだ。御厨はもうそれどころではない。羞恥心とスリルで、興奮は倍増しているのに、声をだすことも出来なかった。崎田も興奮しているのか、いつもより堅くなっているように感じる。

鏡の中の崎田を、御厨は見つめた。崎田もそれに気が付いて、にやっと笑う。

崎田のことを変態と罵《ののし》っているが、お互い似た者同士だろう。御厨もこうして恥ずかしい思いを味わわされることを、愉しんでいたのだ。

「い…んっ…」

「東吾…愛してるよ。いつまでも俺に、ついてこいよ。いいな」

御厨の耳元に顔を近づけると、崎田は囁《ささや》く。その声音だけで、御厨は果てた。

そろそろ更衣室の外が騒がしくなっている。いったい何をしているんだろうと、囁く声が聞こえた。

崎田はその声に合わせるかのように、御厨の中にぐっと強く押し込んで、そして自分を自由にした。

御厨の体から自分のものを抜き取り、コンドームも取り去ると、崎田は床に落ちていた小さなビキニで、そこを拭った。

「さっさと着替えろよ」

「よく言うぜ」

「トランクス、ほれっ。東吾の好きなハート柄だぞ」

「……」

ガバメントケースから取りだしたのは、本当に御厨の好きなトランクスだった。

「時間がない。ストッキングの上に、これ穿け」

続けて黒のコットンの靴下が出て来た。

「あああっ、男に戻ってく充実感があるぅ」

真っ白なワイシャツに、赤の線の入ったネクタイ。紺色のビジネススーツ。

御厨は身につける度に嬉しそうな顔になっていく。

「これだ、これだ、これだぁ。リーマンにとっちゃ、これが制服なんだよ。あー、日本に戻ってきたって充実感があるよなぁ」

鏡の中にいるのは、もうキャリア美女ではない。長髪のフリーター歴五年、東南アジアを流離ってみましたの若者でもない。

爽やかな印象のサラリーマン、北条商事、第一営業部商品開発課課長、御厨東吾だった。

「よっしゃあーっ」

御厨はいきなり更衣室の鍵を外し、ドアをバンッと開いた。

「はええよ、東吾。こっちはまだだっての」

崎田は慌てて後始末をしている。使った二つのコンドームをさりげなくティッシュで包んだり、ビキニパンツをガバメントケースの中に押し込んでいた。

「あっ、南平、靴」

「ほれよっ」

崎田は靴を放ってやりながら、ヘアサロンのスタッフの好奇の眼差しに笑顔を向けていた。

「やぁやぁ、長時間、占拠してすまなかったね。お陰で助かった」

荷物を手に、崎田は平常心を装って、レジのある受付に向かった。

御厨は鏡のある場所にいちいち立ち止まり、自分の姿を映してうっとりしている。その袖を引いて引っ張りながら、崎田はポケットからちらっと黒革の手帳の表だけ見せた。

「そのいろいろとあってね。緊急事態で迷惑かけた。ここであったことは、しばらく口外しないでいただくと助かる。で、幾ら?」

レジのスタッフは凍り付いた笑顔を浮かべながら、変身してしまった御厨と崎田を交互に見ている。

「あーっ、お釣りはいらないから、金額書き込まない領収書よろしく」

そこまでするかと怒られそうだが、身に付いた習性はすぐには改まらない崎田だった。

二人が出て行った後で、スタッフの間で交わされる会話が聞こえてくるようだ。

えーっ、あれ何。刑事さん。囮捜査だったの、体の中に何か隠してたみたいだけど、それってどこにと、勝手に想像を膨らませてくれることだろう。

スーツを着る時に、潤一郎《じゅんいちろう》はズボンに手を入れてみる。すっと入れば、体型はいつもの通りということだ。少しでもきつく感じたら、太ったということだろう。

今朝は少しきつく感じた。気のせいだろうか。太ったかと聞きたくても、葛西はさっさと家を出てしまった。

疲れているのだろうか。あのおかしな手紙が舞い込んだせいで、葛西の頭はいっぱいになってしまったのかもしれない。今朝は潤一郎に対する態度が、どこか投げやりで冷たく感じられた。昨夜のチョコレートがなかったら、潤一郎はもっと傷ついていただろう。

葛西への不満を口にする資格は、潤一郎にはない。今夜、潤一郎は、他の男と食事することになったからだ。

昨夜の男、ケントは会社にも直接電話を入れてきて、一度会ってお話がしたいと正式に申し込んできた。

ケントはアメリカの投資家で、北条商事の目覚ましい発展ぶりに目を引かれたと語った。『タイムリミット』を肥満大国アメリカでも発売したいと、実に意欲的だ。いきなりビジネスの話では失礼だし、昨夜のバーでの非礼を詫びたくもあるので、ぜひ食事をという熱心な誘いだった。

鏡の前で、スーツのズボンに手を入れている自分を、潤一郎は哀しく思う。

好みの男には、美しい自分を見てもらいたい。そんなことを思うなんて、なんと不謹慎なのだろう。葛西に対する裏切りは、何もセックスするだけではないのだ。こうしてときめいてしまえるだけでも、裏切り行為と言えただろう。

昨夜の約束通り、待ち合わせのバーに潤一郎はやってきた。

すでに待っていたケントは、大きな手を差しだして握手を求める。

力強い手だった。

「昨夜は失礼しました。わざわざ出向いていただいて恐縮です」

「いいえ、ミスター・ウィンスレット。こちらこそ数ある日本企業の中から、弊社を選んでいただき光栄です」

「いきなりで失礼かとは思いますが、私のことはケントと」

「それでは私のことは潤一郎と呼んでください」

実に儀礼的な会話だ。ビジネスライクなスタートと言える。

ここはあくまでも仕事として割り切ろうと、潤一郎はバーのスツールに落ち着いて腰を下ろした。

「軽く飲んだら、食事の席に移動しましょう。昨夜もここでお食事のようでしたから、今夜は別の店に」

「お気遣い感謝いたします。日本語、お上手ですね？」

「三年ばかり留学していましたから」

潤一郎がまだ何も言っていないのに、昨夜飲んでいたのと同じシャンパンがいきなりグラスで出てくる。ケントも同じものを頼んでいた。

「まずはあなたとの偶然の出会いに続き、運命の出会いとなったことを祝って」

グラスを上げながら、ケントは淀みなく言った。

乾杯の時のために、わざわざ言葉を用意していたのだろうか。そういう気配りをしてくれる男が、潤一郎は大好きだった。

「潤一郎、美人秘書は化粧室からまだ出てこないようですね」

言われた言葉の意味がすぐに分からず、潤一郎はきょとんとしてしまった。そして気が付いた。どうやらケントは、潤一郎が一人で来たとは思っていなかったようだ。

「いえ、秘書を同伴することは、ほとんどないので」

「そうでしたか」

「失礼ですが、奥様は？」

「いや、独身ですよ」

何だかお互い、腹のさぐり合い、いや下半身事情のさぐり合いをしているようだ。

潤一郎はこういった謎かけのようなさぐり合いは好きだったが、ケントはどうなのだろう。言葉遊びを愉しめるタイプなのだろうか。

「投資ということで伺いましたが、私どもの会社は株式上場もまだの個人会社ですが」

北条商事は身内と社員が株を保有しているだけの会社だ。御厨の持ってきた次期企画がヒットしたら、潤一郎は正式に株式上場を考えている。そんな会社にいきなり投資の話が来るのはおかしいと、つい穿《うが》った見方をしてしまった。

「それに投資を受けなくても、資産は充分にありますので」

ビジネスの話に関しては、余計な腹のさぐり合いなどしたくない。

若くして代表取締役になったとはいえ、潤一郎にも経営者としての気構えはある。なめられるのは嫌だった。

「投資を持ちかけたのは、アメリカで『タイムリミット』を販売したいという気持ちからですよ。あなたの会社が、充分に資本があって、資産運営も順調だと知っています」

「残念ですが、国内消費分までしか、生産力がありません。現在もやっと間に合わせている状態でして」

「工場をアメリカに建設なさるつもりはありませんか？　アメリカは日本よりはるかに多く、肥満で悩む人達がいます。ビジネスチャンスですよ」

まさにビジネスチャンスだろう。アメリカに二つも工場を造れれば、かなりの収益は見込める。けれど潤一郎は、この話に葛西が飛びつくとは思えなかった。

『タイムリミット』の原料であるキノコは、管理するのが難しい。栽培されていた現地と同じ環境を整えるには、企業秘密といえるかなりの労苦があるのだ。

日本国内での特許も取っているが、海外進出ということは、その特許製法すらも流れ出すということだ。

大きく儲けるつもりなら、海外にもっと進出するべきだろう。

父の代には、中南米にいる日系移民向けに日本の製品を販売したり、家庭用雑貨の類を大量に輸出していた。

その時に上がっていた利潤より、はるかに大きな金額が入りそうだが、葛西だったら目の前の金額よりも、特殊製法を守ることを力説しそうだった。

「ダイエット食品は、文明国の必需品ですよ。まだまだ売り上げを伸ばせる分野だと思いますがね。あなたの会社は投資に見合うと思っているのですが。それにダイエット食品だけではないんでしょう？　これから新製品も発売されていくんでしょうから」

「はい。毎年、新しい製品を開発していきます」

「今は？　何か計画がありますか」

潤一郎のグラスは空になった。ケントのグラスも空になる。

質問の返事の代わりに、潤一郎はケントに笑顔を向けた。

「食事の席に移動しませんか」

「失礼。気が付きませんでした」

ケントは席を立つ時に、それとなくスーツの状態を確認する。その様子に、かなりお洒落な男だろうと想像がついた。

身長は潤一郎より十センチは高いだろう。今夜のスーツはグレーの生地に茶色の糸を織り込んだものでﾞ、ワイシャツは濃いベージュだ。茶色のネクタイをしめ、ベルトも靴も茶系で統一している。正式な場では、こんな派手な雰囲気のスーツは着ないものだ。ケントはこの夜を、気軽な雰囲気のものに演出したかったのかもしれない。

食事の席に移動すると、ケントは途端に仕事の話を一切しなくなった。日本に留学していた時の失敗談や、自分が抱いた日本の印象などを気軽に話す。

潤一郎もアメリカに留学の経験があるから、今度は逆にアメリカでの失敗談が話せた。そうして気軽な会話を交わすうちに、ますます雰囲気はよくなっていった。

食事が終わると、ケントはまたもやバーに潤一郎を誘う。

まだ話したりない。そんな気にさせる、実に魅力的な男だ。

けれど潤一郎は、シンデレラのように時間を気にし始める。

いくら仕事熱心な葛西でも、もう家に戻っている頃だろう。今頃はリビングで、一人でニュース番組でも見ているだろうか。

同棲していると、浮気するのは難しい。理由もなく外泊すれば疑われる。ましてや相手が誰か、葛西にも情報は伝わっている筈だ。

一杯だけと断って、潤一郎はまたもやバーについていった。以前だったら、ここからどうやってこの男の性癖を探り当てようか、テクニックを駆使しただろう。同じ趣味と分かったら、後はどうやってベッドに誘わせるかも、腕の見せ所だった。

そうやって浮気をしていても、葛西にばれることはなかった。仕事に追われる葛西は、家に帰って寝るだけの生活だったからだ。

だが今は、潤一郎と同じ家にいる。

帰らない潤一郎を待って、疲れているのに起きているかもしれない。

ヴランデーのグラスを傾けながら、潤一郎は物思いに沈む。

「お疲れのようですね。今夜はこれ以上、あなたをお引き留め出来ないですか？」

「少し酔ったみたいです。食事の時の日本酒が、今頃利いてきました」

別にケントのベッドで寝かせてくれと、誘ったつもりはなかった。本当に酔いが回っていて、明るくふるまうのに疲れてしまったのだ。

ケントはそんな潤一郎をじっと見つめて、意味ありげなため息をつく。

「……あなたの美しさを維持しているのは、どんな魔法ですか？」

「魔法？　『タイムリミット』ですよ。太らないためにはあれが一番」

さらりと返したけれど、潤一郎はどきっとする。

いよいよ本格的な夜が始まったのだ。

ゲイかどうかは、初対面から分かってしまう。言葉に出来ない独特の気配が、潤一郎の男判定アンテナに引っかかるらしい。

昨夜、トイレの前ですれ違った時から感じていた、怪しい雰囲気にケントは移行を開始した。

それまでの意欲的な投資家であり、気の良い、親日家のアメリカンという役柄から、一気に魅力的な牡である自分を全面に押し出している。

どこがどう違うのだろう。

まずは見つめ方と表情だ。

ビジネスの時は、少しだけ相手の表情を伺う。自分のプライベートを語る時は、笑顔を絶やさない。

そして時間もかなり経ち、二人の間に親密な気配が濃厚になってくると、ケントの視線は潤一郎の顔から逸らされることがなくなった。

大きな手が、やたら口元にいく。かと思うと、カウンターに置いた潤一郎の手のすぐ側に、ふっと移動したりする。

明らかに誘われているのだ。

「ビジネスパートナーとしての私に不安だったら、もう少し、個人的にお付き合いしてから考えていただいてもいいですよ。信用出来ないと思われるのも悲しいので、ぜひ、ニューヨークの私のオフィスにいらしてください」

「ニューヨークですか？」

「昼にはビジネスの意欲を知っていただき、刺激的な夜をプレゼントすると約束しますよ」

ケントのリードはさすがだ。

刺激的な夜と聞いた、潤一郎の反応を窺っているのだ。

「潤一郎に相応しい刺激的な夜といったら、何があるかな…。パーティ？　美しいご婦人が集まるような…」

美しい男達が集まるようなパーティではないのかと、つい尋ねたくなって潤一郎は視線を逸らした。

ケントといたら、ニューヨークで退屈するようなことはなさそうだ。

潤一郎は夜のニューヨークを、ブラックタイの正装でケントと歩く場面を想像する。五つ星レストランでの食事。話題のミュージカル。そして…秘密のパーティ。

刺激的で、愉しい夜が待っているだろう。

ゴージャスで危険で、甘い夜。

そういえばそんな愉しみ方も、ここしばらくしていない。

葛西は遊ぶことはあまり得意ではないのだ。最近は疲れているせいか、休日は遅くまで寝ていることが多かった。

たまに二人で出掛けても、美術館巡りがいいところだ。またはジムでスカッシュをするか、得意先との付き合いゴルフになる。

「クルージングに興味はないですか？」

「えっ…」

「沖縄《おきなわ》にヨットがあるんです。綺麗な肌だが、焼くのは嫌ですか?」

ケントの手は、潤一郎の手にますます近づいていた。

返事次第では、この手は潤一郎の手に重なることになるのだろう。

「船酔いしますか?」

「ケント、質問攻めですね」

「そうですね。潤一郎のことをもっといろいろと知りたいので…」

こうして話している間も、ケントは潤一郎から視線を外さない。潤一郎の方が、あちこちに視線を泳がせて逃げていた。

これは駆け引きだ。

追うハンターは、獲物をしっかり見据える。

逃げる獲物は、安全な隠れ場所を探そうとうろつく。

「あなたの…恋人は貞淑ですか…」

「えっ…」

今度の質問には、潤一郎も顔をケントに向けないわけにはいかなかった。

「いるんでしょ、恋人。こんなに魅力的な潤一郎を、誰もが放っておく筈がない。いい大人の私ですら、日本の経済誌であなたの姿を見て、どうしても逢いたくてたまらなくなったくらいですから」

「笑えないジョークだな」

「ノー、ジョークじゃありませんよ。だからアポイントも取らずに、いきなり日本に来てしまったんです。昨夜はまさに神が引き合わせてくれた偶然、いや、運命を強く感じました。泊まっているホテルのバーで、軽く飲もうと思ったら、目の前をあの写真に載っていた潤一郎が、歩いていったんですからね」

いよいよ本格的な口説きに入ったようだ。

潤一郎の頬は赤くなる。ここまであからさまに口説かれるのも久しぶりで、何だか照れ臭い。

「あなたの恋人は…どこまで許します?」

ケントの手は、僅か一センチの近くに移動している。潤一郎の方がずらせばいいだけなのに、そのままにしていた。

誘われるのを待っていると捕らえられても仕方がない。

現に誘われたがっているのだから。

「どこまでって?」

「あなたが新しい出会いを愉しむことを、恋人には知られたくないですか?」

「普通はそうでしょう…」

「恋人を愛してる?」

ついにケントの手は、潤一郎の上に重なった。

途端に甘い痺れが、脊髄を駆け上っていく。

ケントはそっと潤一郎の手をさする。そこでさっと手を引き、何か気の利いたジョークで切り返せば、ケントはすぐに酔っていたせいで失礼なことをしましたと謝ってみせるだろう。

だが潤一郎の手は動かない。

動かせなかったのだ。

「ビジネスも恋も、新しいものにチャレンジする勇気が必要ですよ。あなたは保守的な人間ではないでしょう？」

「僕の恋人は…どういうタイプに見えます？」

ケントを見ないで潤一郎は訊いた。

「そうだな…年上のキャリアウーマンか、セレブのお嬢さん」

ケントは潤一郎がゲイだとは思っていないのだろうか。それともわざと外してみせて、潤一郎を躍起にならせようとしているのか。

「外れてますよ…」

「男性だとは考えにくい」

「どうして？」

「神がすべての美徳をあなたに与えてしまった。同性だったら、嫉妬でいたたまれない筈だ」

「そんなことはありません」

再びケントを見つめた潤一郎の瞳は、発情のサインで潤んでいた。

「ではもしあなたの恋人が男性だったら、あなたより年上で、魅力的なリッチマンでしょう。また
は年下の、野獣のような…愚かな若者」

「外れ、すべて外れです…」

恋人は年上の、自分の部下だ。

仕事だけが生き甲斐の男。

逞《たくま》しい肉体を持った、渋めの色男だ。

口説き文句は直接的で、照れているのかいつも怒ったようにしか言わない。

誘いかけても、迷惑そうにするばかり。それでもベッドでは情熱的で、潤一郎を満足させない夜
はない。

「そうか、分かった。あなたの恋人は、今、目の前にいるこの男に似てませんか」

ケントはさらに強く手を握ったかと思うと、そのままテーブルの下に引っ張った。

体の位置を僅かに変えたケントは、握ったままの潤一郎の手を自分の太股の上に置く。

そのままずらせば、男のあの部分に触れてしまいそうだ。

「……」

潤一郎の目は、ズボンの上からでもはっきりとわかる、ケントの膨らみを確認していた。

「本心をなかなか明かせない、シャイな部分があるでしょう。留学経験があって、料理と着る物に

はうるさい。遊びも好きだが、お金も好きだ。さらに…セックスは…もっと好きだ」

あまりにあからさまな口説きように、潤一郎は思わずバーの様子を窺ってしまった。

隣の席は空席だ。ずっと離れた場所にいる外国人カップルは、バーテンダー相手に熱心に何か話している。どうやら日本酒について講義を受けているようで、オーダーでもしない限り、潤一郎達に関心を持ちそうになかった。

「……あなたの恋人は、ベッドでは紳士ですよ。最初のうちだけですけれどね。あなたが少しでも悦びの反応を見せたら…獰猛《どうもう》な獣に変身するかもしれない…」

ケントは潤一郎に顔を近づけて、催眠術師のように囁く。

潤一郎は興奮してしまった自分を確認した。

肌にぴったり張り付く、ビキニがきつくなっている。

「あなたの恋人は…きっとタフですよ。望むだけあなたを、天国に誘ってくれるでしょう」

ついにケントは、自分のものの上に潤一郎の手を置いた。

「……」

潤一郎は大きく目を見開く。

大きい。

しかも長い。

外国人にありがちのふにゃっとした柔らかさもなく、堅く充実している。

喉がこくっと鳴った。

こんなものを一晩中あそこに突っ込まれていると、考えるだけで目の前が真っ白になってくる。どれだけの快感を味わえるのか、想像もつかない。

「私達の未来について、もっとじっくり話し合う必要がありますね。潤一郎…」

「……」

「部屋に…」

ケントは潤一郎の手を離し、指を鳴らしてバーテンダーを呼ぶ。そして伝票に部屋の番号とサインを素早く書き込み、今、ここで熱心に男を口説いていたことなどなかったように、自然な態度で立ち上がった。

その頃葛西は、高梨《たかなし》と食事をしていた。

鍋が好きだと言ったせいだろうか。高梨の部屋のリビングに置かれたコタツの上には、鰯《いわし》のつみれと水菜がメインのさっぱりした鍋に、自家製の薩摩《さつま》揚げや浅漬けが並んでいる。

酒は焼酎をロックでとくれば、まさに今の葛西にとって、最高にうまい夕食となった。

「崎田さんから報告のあった、自宅に張り付いている興信所ですが、車のナンバーからどこか分かりました。あちらも仕事ですから、依頼主の名前は公表しないと思いますが、警告は出来ます。明日にでも警告しておきますか」

今、思い出したというように、高梨は口にする。

今朝のうちに、手紙を出してきた女性に電話をした。こちらの検査結果には問題がない。どういったサンプルを使用したのか、詳細を教えて欲しいと聞いたのだ。

女性はあくまでも『タイムリミット』だと譲らない。では製造番号を教えてくれとつめよると、途端に返事は曖昧になった。

一度お会いしたいというと、では混入されていたと認めたんですねと、ますます話はおかしくなっていく。

こちらは弁護士を同伴してお話したいので、そちらも警察なり弁護士なり、立ち会わせてくれて構わないと言ったら、もうマスコミにばらす用意はあると、いきなり切られた。

葛西はこれはもう自分の手には負えないと、高梨に一任してしまった。

「難しいんですよ。御厨さんや崎田さんに、直接何か働きかけたわけではありませんから。たままそこに駐車していただけだと、言い逃れることは出来ます。一番簡単なのは、マンションの管理会社を通して、路上駐車を注意してもらうことですが、それだって場所を変えられたら同じです」

高梨はせっせと煮えたものを、葛西の取り皿に置いていく。甲斐甲斐しい様子を見守るだけで、葛西は何もしなかった。

「どう思います？　御厨はもう元に戻ってしまったから、楽に発見されてしまうと思うんだが、そうしたら監視の目もなくなるんじゃないかな」

「気をつけないといけないのは、外で飲んだりした時ですよ。バッグを奪われたり、知らない女性が近づいてきて、気が付いたらベッドに縛られていたなんてことがないようにしないと」

「ああ、それなら心配ないな。あいつには最強のボディーガードがついてるから」

葛西はほっとすると同時に、もうそろそろ秘密は秘密でなくなってくるだろうと覚悟していた。どんなに新製品の情報を守ろうとしても、やはり国内で生産が開始されたら限界がある。

モニターの中には、発売開始まで秘密厳守と言われても、つい身内に話してしまうやつもいる。工場で働くパートのおばちゃんは、何を作っているのか訊かれたら、正直にシャンプーだと答えてしまうだろう。

同時期に似たような新製品がいっせいに出回るのは、つまりこういう仕掛けだ。誰かがつい漏らした一言が、新たな情報となって、ライバル会社にもたらされるのだ。

静岡《しずおか》にある広大な土地に、ビニールハウスが建設されていた。キノコを栽培しているその横で、今度は東南アジアの木が育てられる。移植に失敗したら、現地からの少ない原料でやっていくしかない。これはまさに賭だ。

「葛西さん、元気がないですね。疲れてますか？」

「やる事が多すぎて、困ってます。体は一つしかないのに…」

「あまり無理しない方がいいですよ。自分だけはだいじょうぶだと思っても、鬱《うつ》になったりする人が多いですから」

「鬱？」

ありえないと、葛西は否定できない。

確かに今朝の気分を表す言葉は、鬱、以外の何物でもなかったからだ。

「本当に疲れたと感じたら、一日会社を休んで、うんと自分を甘やかすといいですよ。葛西さん、ご趣味は？」

焼酎のお代わりを作ってくれながら、高梨は訊く。

葛西は返事に困った。

「趣味は…仕事です」

「駄目ですよ、そんなのは。じゃあ、今度、私と東京の下町でも歩きませんか」

「はっ？」

「電車を使わず、のんびりと歩くんです。昼時になったら、何番目と決めた店で食事するんですよ。そこがどんなに不味そうでも、高級そうでも入らないといけないんです」

葛西は笑い出した。

こののんびりとした高梨だったら、実際にやっていそうだ。

「夕方になったら、銭湯があったら入ります。出たらまた何番目の居酒屋と決めた店に入って、一杯飲んだら上がり。すごろくですよ」

「すごろくっていうより、下町ロシアンルーレットだな」

笑いが止まらない。

そういえばこんなに自然に笑ったのは久しぶりだと、葛西は目元に浮かんだ涙を拭いながら思った。

「笑いましたね。葛西さん、黙っていてもいい男だけど、笑うともっといい男ですよ」

「……ありがとう……」

「いえ…」

高梨はまた鍋に、水菜をせっせと足していた。その頬は飲んでもいないのに赤い。

どうして男同士で鍋なのだろう。そんなことを感じさせない、自然な動作だった。

「高梨さんは、休日にそうやって遊んでるんですか」

「はい。今はまだ勉強中の身なので、休日もほとんど勉強ですが、時間が許せば歩きます。歩くと、生身の人間が見えるでしょ。事件だけを見ていると、法的解釈しか浮かびませんが、犯罪を起こしたのも人間だと考えると、事件はまた違った様相になってくるんです。生きている人間を観察するのは大切です」

淡々と語る高梨の言葉に、葛西は胸を突かれた。

商品を作り売ることは、時に数字だけの確認になる。幾つ売れて、幾ら儲けた。資本投下が幾ら、利潤がどれだけ。

葛西は朝の満員電車を思い出す。あの中の何人かは、自分が手がけた商品の消費者かもしれない。仕事で疲れた彼等は、その収入のうちの一部を、御厨の頭の中から生まれたとんでもない商品に注ぎ込んでいるだろうか。

新製品は、あの中の何人かに福音をもたらす。

奇跡の商品の登場を、誰かが待っているのだ。

それを思うと、逃げることは許されない気になってくる。

「高梨さんは不思議な人だな。人をやる気にさせるの得意でしょ？」

「そんなことありません」

真っ赤になって否定するところは、年甲斐もなく可愛く見えてしまう。

潤一郎とはまた違った可愛さだ。

いや、いけない。

そんな目で高梨を見ては失礼だ。

そう思ってまた葛西は焼酎を口にする。

酔いはいつもより早く回るようだった。

「葛西さん、相手の女性が何も行動を起こさないといいですね。そうしたら、葛西さんの心もずっと軽くなるでしょうから」

高梨の優しい言葉が、じんわりと滲みてくる。

料理は旨く、酒も旨い。

すっかりリラックスしてまった葛西は、料理の後かたづけを始めた高梨のエプロン姿を見ながら、いつのまにか横になって眠ってしまった。

ホテルのケントの部屋に入ると、リビングの上には豪華な薔薇の花束が置かれていた。その横には、ワインクーラーの中でよく冷やされたシャンパンと、グラスがセットされている。

一人だったらあまり必要のなさそうなものを見つけた潤一郎は、ケントが最初から潤一郎を部屋に誘うつもりだったと気付いた。

「これは…」

「あなたの未来の恋人からの、ささやかなプレゼントですよ。シャンパンはあなたにもっとも相応しい飲み物。薔薇はあなたにもっとも似合う花」

よくもこんなに歯の浮くような言葉を、次々と口に出来るものだ。だが欧米の紳士は、こういった美辞麗句を惜しまないものだった。

ケントは馴れた様子でシャンパンを開ける。そしてグラスに注ぐと、ソファの前のテーブルに置いた。

「どうぞ…」

潤一郎は薦められるままに座る。すると当然のように、ケントは潤一郎の横に座った。

「乾杯しましょう」

「何に?」

「未来の恋人のために」

ケントの瞳は、もう潤一郎から離れることは決してない。こうして見つめ続ければ、潤一郎は言いなりになると確信しているのだろうか。

見つめ合ったまま、二人はシャンパンを空けた。

「アリュール？　シャネルですね」

潤一郎のコロンを嗅ぐふりをして、ケントの顔が近づいてくる。

そのままキスになった。

キスをしながらもケントは、潤一郎の手からグラスを取り、テーブルに戻す。実にそつのない動きだ。

最初は普通のキスだったが、じょじょに獣性を増した獣のキスになっていった。潤一郎は喘《あえ》ぎながら、いつかケントに抱き付いていく。

「ああっ…あっ」

ケントの手が、ズボンの上からそこを柔らかく揉み始める。興奮しているのはもうばれているだろう。

「あっ…そこは、あっ、んっ…んんっ」

「手を…ここに」

潤一郎の手も、ケントのものに導かれた。

大きなものの確かな手応えが、潤一郎の心から理性を吹き飛ばす。

ネクタイが抜かれた。続けてシャツがはだけられていく。露出した部分に、ケントの唇は移動していった。こうして少しずつ脱がしていきながら、その部分に唇を押し当てていくつもりだろうか。

欲しくてうずうずする。

三日経っていない。

たった二日しなかっただけで、他の男のものを求めて疼《うず》きだす体に、潤一郎は嫌悪感を抱きつつ、もう自分を止められない。

「明日は、アリュールをプレゼントしますよ。プレゼントだけを身につけた、あなたを見たい。それとも今夜、アリュールをプレゼントするのに相応しい体を、見せてくれますか？」

「……あっ、そ、そんな」

今すぐにでもスーツを脱ぎ捨て、ケントに裸体を見せても構わない。そうしたらケントは、この嫌らしく動く舌と、肌に吸い付く唇で、潤一郎のあの部分に優しいキスを繰り返してくれるだろうか。

「潤一郎…あなたが欲しい。ビジネスのパートナーだけでなく、あなたの何もかもが、私には必要なんです」

乳首を吸われた。

甘い疼きに潤一郎は、思わず自らベルトに手をかけそうになった。

ところがその時、潤一郎にあり得ない奇跡が起こったのだ。

単純な理由だ。セックスしたらカロリーを消費出来る。そこまでふっと考えた潤一郎は、自分がどうしてカロリーを消費する必要があったのか、しっかりと思い出していた。

チョコレートだ。

あのチョコを一つ買うのにも、葛西にとっては勇気のいることだっただろう。

バレンタインには、大騒ぎしながらチョコレートケーキを買いに行く潤一郎を、また太るぞと戒《いまし》めながら、義理でほんの一センチだけ食べるような男だ。

その葛西が、女性客がほとんどの洒落た店内で、恥ずかしそうに包みを受け取ったのだろう。

愛情込めて贈ってくれたチョコレートで採り入れたカロリーを、なぜ、よく知りもしない外国人の男に使わないといけないのか。

そもそも投資の話なんて、最初のバーでしただけだ。

本当にビジネスの話をしたかったら、薔薇やシャンパンに意味はあるのか。

それより自分がこれまでに投資してきた会社の資料とか、潤一郎に見せなくてはいけないものが用意されているべきだ。

「ケント…ストップ」

潤一郎はケントの体を押し返した。

ここで声を荒らげてはいけない。下心満載でついて来たのは自分なのだから。

ケントは手を止めて、じっと潤一郎を見ている。

シャワーを浴びたいとか、ベッドルームに移動しようとか、それらしい言葉が聞かれると思って待っているのだろう。

「ごめんなさい、ケント…僕には、大切な恋人がいるんだ。なのにあなたの魅力に負けてしまって、もう少しで自分を見失うところだった」

潤一郎はシャツを慌てて直しながら、涙声で訴えた。

ケントの正体がわからないのに、下手に怒らせるのもまずい。

だがここはうまく切り抜けるしかないとなると、それには泣き落としだ。

「本当にごめんなさい。こんな体をしている自分がいやになる。大切なビジネスパートナーになるかもしれない人に、淫らな姿を見せてしまって」

「そんなことはないですよ。誘ったのは私だ。私が…あなたを欲しがっているんです」

ケントはまだ諦めていない。しつこく潤一郎に迫ろうとしている。

けれど潤一郎は、もうケントをそれ以上近づけないように、素早く立ち上がっていた。

「僕のためなら、命を捨ててもいいくらいに思っていてくれる人なんです。そんなに愛されてるのに、僕は自分の欲望を抑えられない。反省しています。本当にごめんなさい。あなたのように素敵な男性だったら、いくらでも相手はいる筈。こんな愚かな僕に、どうかもう構わないで」

潤一郎はコートとバッグを手にすると、ネクタイも緩んだままの姿で急いでドアに向かう。

「待ってください、潤一郎。私が急ぎすぎました。では冷静になって、ビジネスの話をしましょう。あなたとペアを組みたいのは本当です」

ケントもその後を追ってくる。かなり興奮していたようだから、ここで逃げられたとなったらケントの方も辛いだろう。

「では明日、いえ、明後日、当社までお越し下さい。冷静沈着な社員も交えて、お話を伺いたいと思います」

ドアの前で、ノブに手をかけた状態で潤一郎は言った。

「潤一郎、私を疑っているんですか」

「そうじゃありません。魅力的なあなたと二人きりでいると、また理性がなくなるのが恐いんです。今夜は…これで失礼します」

ホテルはこんな時はありがたい。何かあれば、助けてくれる誰かがいる。ケントだって、ホテルの廊下で大騒ぎをするほど愚かではない筈だ。

潤一郎は急いでドアを引こうとした。けれどケントの体が、背後からしっかりドアを押さえてしまった。

「私のペニスに触れて、恐くなったんですか？　安心してまかせなさい。痛くない方法でやってあげますから」

ケントの声には、苛立ちが含まれている。

男の生理の悲しさだ。興奮した時は、確実に理性の何％かは吹き飛んでいる。

「恐いのはペニスじゃありません。僕の…貞操感のなさです。こんなことをいつまでも繰り返していたら、一番大切なものを見失ってしまう。どうして僕は、学習しないんだろうと、今、ものすごく反省しているんです」

「解決方法だったらありますよ。その恋人より、私を選べばいいんです」

ケントの顔が、再び潤一郎に迫っていた。けれど潤一郎は巧みに背を向けて避けた。

「選べる筈なんてないんです…」

十八年も、潤一郎だけを愛してきた葛西に対して、どれだけ不実をしてきただろう。

潤一郎はこうしている間にも、酔いは醒め、興奮は遠のき、どんどん冷静になっていく。

もう家に帰ることしか、潤一郎の頭にはなかった。

「帰ります。その手をどけて」

「……」

「紳士なら離しなさい。僕にここでヘルプと叫ばせたいですか」

さすがにもう無理だと諦めたのだろう。ケントは素直に手を離した。

「あなたが紳士だったことに感謝します。ミスター・ウィンスレット、日本での滞在がよいものになりますように」

握手はしない。

潤一郎は廊下に出ると、軽く黙礼だけして、エレベーターホールに向かって直進していた。

背後でドアの閉まる音がする。

せっかくのシャンパンも、おいしかった食事も、もはや潤一郎にとって屈辱の象徴でしかなくなっていた。

エレベーターに乗り込み一人になると、潤一郎は心細さで泣きそうになった。

早く葛西に会いたい。いつまでも愚かな子供でしかない自分を、いっそ叩かれてもいいから、葛西に強く叱って欲しかった。

ふっと何かの予感がして、葛西は目を覚ました。

夢だっただろうか。まだ十三才の潤一郎が、泣いている声が聞こえたような気がしたのだ。

部屋は薄暗くなっている。近くに人の気配がして、葛西は慌てて飛び起きた。

石鹼の香りがほんわかと漂っている。見るとパジャマ姿の高梨が、じっと葛西を見つめていた。

「あっ、すいません。つい、寝てしまったようだ」

「いいんですよ。お疲れみたいだから。ゆっくりお休みになってください。それともお風呂入りますか。布団は客間に用意しますから」

「いえ…帰ります」

「どうして…葛西さん、お一人なんでしょ。シャツと靴下は洗っておきますよ。明日には乾きます。僕のもらい物でよろしければ、新しいネクタイもありますし」

「いや、そういう問題ではなくて…」

高梨は葛西に気を遣ってくれているのだろうか。

若い時は、同僚の家で飲んだまま、朝になってしまった経験もある。それを思えば、酔った客を一晩泊めようとする高梨の好意を、素直に受け取っても別におかしくはない。

「どういう問題ですか…」

廊下の灯りが部屋に漏れているが、高梨の顔は逆光になってはっきりと見えない。

だが葛西には、高梨の声の微かな震えから、その顔に浮かぶ表情すら見えるような気がした。

やはりここに来てはいけなかったのだ。

友情ごっこがしたい年でもない。ましてや恋愛ごっこの出来る年でもなかった。

友人を作るのなら、自分の私生活を話す勇気を持たないといけない。

恋愛をするのなら、地に足のついた、現実的な恋愛をするべきなのだ。

たとえ毎晩のように迫られても、食事の好みや趣味にずれがあっても、長年ともに歩いてきた潤一郎を、なぜここで見捨てるような真似をしたのか。

葛西は酔いが醒めたと同時に、現実逃避の夢からも醒めていた。

「いや、すいません。すっかり甘えてしまって。食事は本当においしかった。ありがとう」

葛西はネクタイを直す。そして煙草を銜《くわ》えた。

ライターの火が、葛西の顔を下から照らす。それを高梨はまだじっと見つめていた。

「疲れてたんだな。だが、日本のサラリーマンで、週中に疲れてないやつなんて、仕事の出来ないほんの一握りだ。甘えてました。反省します」

「葛西さんが、お一人で何もかも背負い込むことはないんですよ。会社は組織ですから」

「分かってます。一人で何もかもやっているのではないと、自覚していますよ。もう少し部下を信頼して、任せる方向でいかないとな」

スーツの上着を引き寄せて、葛西は身に纏った。そして炬燵を出ると、床に正座して改めて高梨に礼をした。

「本当にいろいろとありがとうございました。今日以降、あの手紙の問題に関しては、部下に一任しようと思います。私には、もっとやらないといけない仕事があるので」

「そうですか…。担当を降りられるんですね」

「あんな話の通じない女性を相手にしてたら、ストレスがたまりますから。それより新製品の開発に、エネルギーを注がないと」

葛西の言葉に、高梨は小さく頷いたが、その肩は心持ち元気がないようだった。

玄関に向かう葛西の後を、高梨はついてくる。

眼鏡を外したその顔は、実際の年よりずっと若く見えた。

「葛西さん、また疲れた時には、いつでも寄ってください。僕は…葛西さんと…」

「すいません。今からだと終電に間に合うので、これでっ」

高梨の言葉を最後まで聞かずに、葛西は走るようにして出て行った。

これ以上高梨に、迷惑をかけるような真似は出来ない。もし葛西の態度が原因で、同じような気持ちになってしまっていたら、応えてやれない葛西としては気の毒でしかなかった。

外に出ると、時計に目をやる。

何と終電はとうに出た時間だった。

「しまった…」

深夜になっている。思ったよりも長時間、眠っていたのだろう。

恐る恐る携帯電話を開く。いつもだったら、潤一郎のどこにいるのコールが山ほど入っている筈だ。ところが今夜は控えめで、着信履歴が一つあるだけだ。

「まずいな…」

葛西は急いで表通りに出て、タクシーを必死になって捜す。

こういった時に限って、不思議とタクシーは摑まらない。いらいらして待っていると、やっと一台のタクシーが通りかかった。

葛西は道の真ん中に飛び出して、大きく手を振る。

年甲斐もなく恥ずかしい真似をしたなと思ったが、これ以上帰る時間を遅くはしたくなかったのだ。

急いで自宅に帰ってきたものの、部屋に葛西がいない。

潤一郎はついに、自分が葛西に捨てられたと思った。

今夜誰と会っているか、葛西は知っているだろう。本日の社長のスケジュールの中に、アメリカの投資家との会食予定が入っているからだ。

昨夜話していた時に、あるいは崎田や御厨に、ケントの姿を見られたかもしれない。葛西に忠実な部下達だ。社長の今夜のお相手が、どんな容姿をしていたかまで、詳しく話してしまうだろう。

また浮気かと、葛西だって呆れる筈だ。

もうそんな子供じみた真似は卒業した筈じゃなかったのかと、怒るどころか呆れ、ついには別れるつもりになったのかもしれない。

「周太郎《しゅうたろう》…」

ベッドに腰掛け、潤一郎は泣いた。

自分の愚かさが身に染みる。タイムアウトになる前に、どうしてさっさと帰って来られなかったのだろう。

「僕は…愚かだ。浮気しそうになったら、命懸けで僕を助けてくれようとした、周太郎の勇姿を思い出すんだって、あれだけ心に誓ったのに」

葛西がどれだけ自分を愛してくれたか、思い出せば思い出すほど哀しくなってくる。

こんなに愛せる相手はいないと、何度も思った気持ちは、どうして魅力的な肉体の持ち主というだけで、ぐらぐらと揺れてしまうのだろう。

何度反省してももう遅い。部屋にいる筈の葛西の姿がないのが、何よりの証拠だ。

「電話も通じない。マナーモードにして、気付かないふりをしてるんだ」

葛西にはもう行くところはない。借りていた自分の部屋は、すでに契約を切ってしまった。もし帰るとしたら実家か、あるいは亡くなった妻の家だろう。

そこまで考えて、潤一郎は胸に錐《きり》を差し込まれたような痛みを覚えた。

葛西を受け入れてくれる場所はまだある。何も潤一郎と暮らさなくても、葛西は充分にやっていけるのだ。

ここに戻らなくなってしまったら、それだけでも辛いのに、もし今、葛西に北条商事を去られたらどうなるだろう。

仕事とプライベートは別だと、単純に割り切ることは出来るものだろうか。これまで潤一郎のためにひたすら働いてきた葛西は、そんな自分に疑問を抱かないか。

あまりにも辛すぎて、潤一郎は泣きわめく元気もなくなった。

誰かに相談したくても、相談するような相手はいない。葛西との関係は、秘密だったからだ。

もちろん両親は気付いている。崎田や御厨のように、二人の関係を知っている社員もいた。

けれど彼等に泣きついたところで、葛西は戻って来ないだろう。

いっそ死んでしまいたい。そこまで思いこんだ時に、遠慮がちなドアの開く音がした。

いた。

玄関まで潤一郎は走っていった。そこにコートを着た葛西の姿を発見して、思いきり抱き付いていた。

「周太郎、周太郎、周太郎ーっ」

「すまなかった、遅くなってしまって」

「ううん…帰ってきてくれたから、それだけでいい」

まだ誤解したままの潤一郎は、葛西がまさか他の男の部屋で寝ていたなんて、想像もつかないのだ。その胸に縋り付いて、泣くことしか出来ない。

「何かあったのか？」

ポケットからハンカチを取りだして、潤一郎の涙を拭ってやった葛西は、心配そうに潤一郎を覗き込む。その時になってやっと潤一郎にも、葛西が出て行ったのではないらしいことに気が付いたようだ。

「周太郎、出て行ったんじゃなかったの」

「出て行く？　俺が？」

「よかった。ならいいんだ。お帰りなさい…遅かったね。また仕事？　周太郎にばかり働かせてごめんなさい」

「周太郎？」

「どうしたんだ…。やっぱり何かあったんだな」

潤一郎は小さく首を振る。

浮気未遂を告白する勇気はなかった。

「投資家との会談はいかがでしたか、社長。確か…ケント、なんとか」

突然、葛西は、潤一郎の一番思い出したくない名前を口にした。

「やめてくれないかな。その名前はもう二度と思い出したくない。僕がバカだった。きちんとした調査もなしに、あんな男に会いに行くなんて…」

「浮気…したのか？」

「してないっ」

二人は抱き合ったまま、じっと見つめ合う。

「潤一郎、嘘はなしだ」

「……しかけたのは認める」

「正直だな」

ふっくらとした潤一郎の唇に、葛西はかするようなキスをする。それだけで今夜のお互いの愚かな行為を、水に流してしまおうと葛西が考えたことなど、潤一郎はまだ気付かない。

「では潤一郎。俺も告白する。独身男性の部屋で、不覚にも酔って寝てしまった。すまない」

「……」

驚いた潤一郎は、口を開けてただぱくぱくやっているだけだ。

まさか葛西が浮気？　そんな筈はないと、自分の中で思いがぐるぐるしているのだろう。

「周太郎、ま、まさか」

「安心しろ。何もしていないから。そういうつもりで行ったんじゃない。例の手紙の件で…」

「嘘。だったら外で話せばいいだろう。どうして相手の家に行ったの？　寝込んだ？　そんなのありえない。あの葛西周太郎が、知らない人の家に行って寝るなんて、絶対にありえないから」

玄関で靴を脱ぎ、上がろうとしている葛西に、潤一郎は縋ったままでさらに喚《わめ》いていた。

「誰、相手は。僕より若い？　いい男？　まさか……女っ！」

ギャーギャー騒ぐ潤一郎を引きずりながら、葛西はさらに家の奥へと進む。

「そんなつもりはないと、何度も言ってるだろ。軽い鬱状態だったもんでね。話を聞いてくれる人が…欲しかっただけだ」

「僕がいるじゃない。僕じゃ駄目なのっ。どうしてっ。こんなに周太郎を愛してるのに」

「浮気しかけたやつに言われてもな」

「うっ…浮気…なんてしてない…」

潤一郎はついにへなへなと床に崩れてしまった。

「ひどい。周太郎は僕だけだと思ってたのに。僕じゃ話し相手にもならないなんてっ」

葛西は廊下にぺたっと足を折って、子供のように泣き出した潤一郎を、優しい目でじっと見下ろしていた。

そのうち葛西の手は、潤一郎の髪を優しく撫でていた。

「潤一郎と話が出来ないのはな。君があまりにも魅力的過ぎるからだ」

「嘘ばっかりーっ」

「本当さ。潤一郎に抱き付かれると、ついセックスしたくなってしまうだろ。そうすると話しておかなければいけないことを、みんな忘れてしまう。気が付かないうちに、話せなかった言葉が、心の中で澱《おり》になってたんだろう」

「……周太郎……まだ僕のこと愛してる……」

「愛してるよ。だからもう、そんな子供みたいな真似はやめてくれ」

葛西は潤一郎の腕を引いて立たせると、まだぶら下がったままのネクタイを引き抜いた。

「久しぶりに一緒に風呂入るか?」

「ほんと、久しぶりだね」

「うん…忙しいのを口実に、ずっと潤一郎を放っておいたような気がする。浮気されてもしょうがない。悪いのは俺だ」

「違う。周太郎は悪くない。僕が愚かなだけ。周太郎、思いきりぶっていいよ」

潤一郎は歯を食いしばり、目を閉じて構えた。

葛西はそんな潤一郎を見ていたが、叩く代わりに優しく抱き締めただけだった。

「僕をそんなに甘やかさないで」

「それじゃあ罰を与える。今夜は俺が王様だ。俺は何もしないから、潤一郎が自分でどうにかしろ」

「それって…ベッドではってこと？」

「すべてさ。ほら、脱がせてくれよ。潤一郎、俺を甘やかしてくれ」

「…ん、うん…」

さっきまで泣いていたのに、もう潤一郎の涙は乾いている。代わりに別の煌めきが、潤一郎の大きな瞳に溢れていた。

潤一郎の手が、葛西のコートを脱がせる。続けて上着を脱がし、ネクタイを引き抜いた。

本当に今夜の葛西は何もするつもりがないらしい。立ったままじっとしているだけだ。

「脱がすのは得意じゃないな」

潤一郎は葛西のベルトに手をかけながら、くすっと笑った。

「脱がされる方が得意なんだろ」

「その通り…」

今なら冗談で言える。少し前までは、本気で死ぬつもりでいたとは思えない変わりようだ。

だがこの子供のような単純さが、葛西には可愛く思えるのだ。潤一郎が大人になりすぎても、葛西としては面白くないだろう。

「床に服を積み上げておくつもりか」

「後で片付けるから」

「バスタブが空ってことはないよな」

「んっ？　あっ、そういえばスイッチ押してない」

ばたばたと潤一郎は、バスタブに湯を入れに走る。すぐに戻ってきたと思ったら、床に散った葛西のスーツを拾い上げていた。

慣れないことを必死になってやっている様子は、とても可愛い。葛西の眦《まなじり》は自然と下がる。

「三十にもなってるのに、可愛いは失礼だったかな」

「三十一。もっと失礼だ」

つんっと顔を上げて葛西の側を通り過ぎた潤一郎は、クロゼットの扉を開いてスーツの上着とコートをしまった。

「あれ、ズボン…まだだった」

葛西はいつまで王様気分でいられるだろう。

そろそろ焦れてきたのか、自分で靴下とズボンを脱ぎ始めている。潤一郎に何もかもやらせていたら、明日の朝までかかってしまいそうだった。


ベッドに横になった葛西は、天井を見上げながら煙草を吹かしている。

均整のとれた裸体を、惜しげもなくさらしていた。

バスローブ姿の潤一郎は、そんな葛西を上から見下ろしながら、指先で軽く葛西のものを弄《いじ》っていた。

「鬱になりかけたって本当？」

「ただ疲れてただけさ」

「元気ないのはそのせいだったんだ」

潤一郎の指に弄《もてあそ》ばれて、葛西のものはむくむくと膨らみ始める。

「元気ないか？　たかが二日抜いただけだぞ。今、そこにあるのは何だ？」

「僕の一番好きなもの…。でも周太郎、あまり無理しないでね。僕だったら、我慢出来るから」

「嘘だな」

「またそうやって無理する。抱きたくなければ、無理なんてする必要ないよ」

「だったら…ずっとされないままになってもいいか」

「それは…嫌だ。好きなスイーツも我慢して、ワインも控えて、『タイムリミット』を飲んで、これ以上太らないように努力しているのは誰のため？　いつまでも美しくいたいのは、みんな周太郎のためなんだよ」

潤一郎はバスローブを脱ぎ捨てる。

するととても三十一には見えない、若々しく美しい肢体が顕《あらわ》れた。

潤一郎は豊かな髪をかき上げて、葛西のものに顔を近づける。

そして口に含んだ。

最高のスイーツを食べるように、潤一郎は舌を絡めて葛西のものを味わう。染み出した蜜の一滴も逃さないように、丁寧に先端を舐め取った後、ゆっくりと長く伸びた横の部分に舌先を移動した。

「こんなことまではしなかったんだろ」

葛西の声には、冷静さが少し欠けてきている。さっきまであんなに穏やかに、潤一郎を許していた男とは思えない変わりようだ。

「ひてない…」

ぐるっと一周して舐め上げたあと、潤一郎は今度は喉奥まで銜えてみせる。

「じゃあどこまで許したんだ」

潤一郎に答えられる筈がない。

「手も握らせなかったなんてことはないな。キスくらいはさせたんだろ。それともあれか。相手にさせたのか」

その心配はないというように、潤一郎は尖った先端を濡らした自分のものを、葛西に見せつけた。

「分からないな。潤一郎はタフだから。一度抜いたくらいじゃ」

そこを塞いでいた潤一郎の口から、いきなり葛西は自分のものを引き抜いた。そして潤一郎をベッドに横たえ、高く足を持ち上げる。

「な、なにっ、してないって言ってるのに」

「ここは？　見せたのか」

「失礼な。下着を脱ぐような、愚かなことはしてないよ」

「開いてはいないみたいだが」

葛西の指が、くりんと入り口を撫で回す。それだけで潤一郎の声が上がった。

「あっんっ」

「そういう声は聞かせたのか」

「周太郎、お願い。何もしてない。手を握っただけ」

「手じゃないだろ。違ったものを握ったんじゃないか」

いつもは嫉妬の欠片も見せない葛西が、珍しくじわじわと潤一郎をいたぶっている。それがかえって新しい刺激となって、潤一郎の体は熱くなっていった。

「綺麗なままみたいだが、どうかな」

葛西の舌が、的確にその部分の中心を攻め始める。

「ひっ！　あっ、ああんっ」

潤一郎の足を自分の肩に置かせて、葛西は執拗にその部分を舐め続けた。

「ああっ、周太郎、どうしたの。無理しないでいいよ。疲れるから、ああっ、あんっ」

そのまま葛西の舌は移動して、柔らかな袋の部分の裏側から、じょじょに舐め上げて進んでいく。

「ひあっ、あああ、いっ、も、ああっ、もっと、強く、ああんっ」

泣き始めた潤一郎を葛西はさらに泣かせるつもりか、そこに指を指し込み、激しく中をかき回しながら、先端に舌を絡め始めた。

「王様は…周太郎だろ。これじゃ…いつもと同じ…僕ばっかりが、ああっ、いいっ、あっ」

潤一郎はすぐにいきそうになって、シーツを握りしめて耐えた。

「いっちゃう、だめ、チョコレートがっ」

「チョコレート?」

葛西の動きが一瞬止まる。

「チョコレートがどうしたんだ」

「周太郎のくれたチョコレートの分、エネルギーが出て行くんだ」

「……そうか、一回につき、チョコレートが一つか。男の価値なんて、安いもんだな」

「そうじゃなくて…あのチョコレートが、僕の体内から消えていくんだと思ったら、哀しくなっただけ」

「潤一郎、毎日俺にチョコレートを貢がせようなんて考えるな。それよりももっといいものをあげるから」

「…なぁに…」

葛西は微笑むと、潤一郎の中に入った。

「あっ、ああんっ、いっ、いいっ」

「エネルギーが出て行くくらいで、潤一郎にはちょうどいいんだろ」

「んっ、んんんっ、もっと、もっと別のもちょうだい」

「んっ？」

「僕は欲張りなんだから」

「なっ、何が欲しいんだ。そんなにきゅーきゅー締めて、ここだってもういっぱいだろ」

潤一郎の足は、そのまま葛西の体にまつわりつく。その重みも感じないのか、葛西は激しく腰を動かし始めた。

「いいっ…いいよ、周太郎、すごくいい。だけどお願い。愛も…忘れないで」

「……愛してるよ…」

その言い方があまりにもあっさりしていたので、潤一郎は軽く葛西の体を足で蹴る。

「もっと言って…本気で言って」

「愛してる」

「駄目…もっと…ああっ、もっと…本気で…ああっ、あっ」

葛西はもう言わなかった。その代わり潤一郎の唇に自分の唇を重ねて、そのままもぐもぐと愛してると囁き続けた。

それで潤一郎は満足するしかない。

未来の恋人なんていらない。現在の恋人だけで充分だ。

照れ屋な恋人は、愛してるなんてたまにしか言ってくれないし、薔薇の花束も誕生日に贈ってくれたらいい方だったが、潤一郎だけを愛しているのだけは確実だった。

御厨は社内の自分のデスクで、電話を手にしてしばらくぼうっとしていた。もう相手との会話は終わっている筈だ。崎田は御厨の前に手を出してふってみせる。

「東吾くーん。御厨東吾君。生きてるかぁ」

「分かった。うん、分かったんだ」

「何が？」

「性感帯…やはり原因はシャンプーじゃなくって、香辛料として使われてたザラの実の方だったんだよ。恥を忍んで、世話になった村長に訊いたんだ」

髪を切って三日。なのにもう御厨の髪は、心持ち長く伸びている。だが頭を触られただけで、発情の雄叫びをあげることはなくなっていた。

「つまんねぇなぁ、そのせいで最近、あんまりヒーヒー言わなくなったのか。どうしょっかな。ついでに実の方の開発も、社長に頼んでみようかな」

のんびりと言う崎田に、御厨の無言のパンチが飛ぶ。

「南平は、葛西部長を過労死させたいのか」

「……それはまずい」

「だろ、だったら秘密だ」

噂をしていたら、当の葛西が部屋に入ってきた。

今日もダークブルーのスーツに、明るいグレーのネクタイといった姿が決まっている。いまだに葛西を諦めきれない営業部のお局女子社員が、ちらちらとその姿を目で追っていた。

葛西は御厨と崎田の姿を認めると、大股に近づいてくる。

二人は何かあったのかと構えた。

「部長、何かありましたか。顔が恐いっすけど」

崎田だけが、葛西に対して堂々と何でも言える。葛西も崎田に言われれば、ムキになったり怒ったりは決してしない。

「面白いことになりそうだ。社長室に行かないか」

「社長室？　俺達なんかが押しかけてもいいんですか」

御厨の目はくるんと回る。

絶対に社長と部長は、あの豪華な社長室で一度はやっているというのが、御厨の予想だ。

「いいものを見せてやるから、ついてこい」

葛西はスーツの裾を翻して、颯爽と歩き始めた。二人は慌ててその後を追う。

手にした大型の封筒に、何か秘密はあるのだろうか。御厨はじっとその封筒を見つめる。

すでに連絡はいっているのだろう。社長室の入り口にいる秘書は、彼等の姿を見つけるとどうぞとただ入り口を示すだけだ。

「失礼します」

ここに何度も訪れている葛西は、慣れた様子で入っていく。御厨と崎田は、多少緊張しながら後をついて入った。

「社長、お待たせしました。お約束のものです」

「お約束？　僕、何か依頼したかな」

豪華な社長室に相応しいゴージャスな男は、三人の姿を見て目を細めた。

「そうですね。依頼はなかったようですが、いらぬお節介でしたか」

葛西は磨き込まれた社長室のデスクに、封筒の中身を出して並べる。それを見下ろす三人の顔には、それぞれあっといった表情が浮かんだ。

「ケント何とか…ウィンスレットでしたか」

「そ、そうだけど」

潤一郎のうろたえた様子に、御厨と崎田は好奇心剝《む》き出しの顔をする。

すぐに潤一郎は、取り澄ました顔を取り戻した。

「その横にいるのは誰だか分かりますよね？」

うんうんと御厨は頷いた。偽名を使い、とんでもない変装までして北条商事に乗り込んできた、足利《あしかが》物産の御曹司だ。

「何でこの二人が並んで写ってるの？」

潤一郎の質問に、葛西は穏やかに微笑んだ。

「つまり…そういう関係だったからですよ」

「仲良く、肩寄せ合って写真を撮る関係？」

ただの仲良し写真ではなさそうだと、誰の目にも明らかだった。

「ケントという名前は、父親のものです。本人は投資家でも何でもない。ハリウッドの駄作映画、何本かに投資して失敗してますが、元々は俳優志望だったようですね。親には疎まれ、現在は元恋人だった足利を頼って来日中…」

「そこまで解説されればわかるよ。ありもしない投資話を持ちかけて、新製品の秘密を探り当てるつもりだったんだろ」

潤一郎は怒ったように言う。社員の前で、そんな偽物に踊らされた話をするつもりかと、少々不愉快になっていたのだ。

「ああ、それと社長。例のマスコミに検査結果を出すとか言っていた女性ね。どうやらアメリカ人の素敵なボーイフレンドが、最近出来たようですよ。本人は結婚するつもりみたいですが、どうなんでしょう。ケントじゃなくって、マイク・ウィンスレット氏は、バリバリのゲイみたいですが」

「そういうことだったんだ。分かったぞっ」

御厨は一人で拳を振り上げる。

「マジックマッシュルームを混ぜた製品を渡したのが、そのマイク・ウィンスレットだったたってことですね。裏にいるのは、足利物産かっ」

「何か、すげぇ単純な手口。足利物産、そんなのが後継者で、本当に大丈夫なのかよ」

崎田は呆れたように感想を言うだけだ。

「では社長、このままいいように騙されて、大人しく引っ込みますか」

すっと写真を元に戻しながら、葛西はじっと潤一郎を見つめる。

「しかし短期間でよく調べ上げたね」

「新製品の発売前ですから、私の方も警戒態勢は万全の準備はしております。向こうもこちらの動向を調べていたでしょうが、同じようにこちらも調べさせておりました。余計な金を使いましたが、経理の方にはいずれ」

葛西は自分のした手柄を誇る様子もなく、さらりと言ってのけた。

これだから潤一郎は、葛西と別れることが出来ない。事前に潤一郎に知らせていたら、意外にも素直な潤一郎のことだ。ぽろりとおかしなことを口にしてしまったかもしれない。

潤一郎を守るためだったら、葛西は見えないところでも常に動いている。

「では社長。最後に、一度だけご協力をお願いします」

「協力って?」

「ケント・ウィンスレット氏にもう一度会って、投資の話に乗るふりをしてください。その場での会話を、すべて録音して証拠とします」

「相手は警戒してるだろう。そんなにすぐに乗るかな」

「自分の演技力に自信のある男です。まさか三日で暴かれたとは思ってないでしょう。今がチャンスですよ」

会話はこともなく言うと、御厨と崎田を振り返った。

「御厨。得意だろう？　盗聴、録音の準備をしろ」

「えーっ、そんなの得意じゃありません」

「使い放題で予算をやる。すぐに準備しろ。崎田、御厨を手伝って、秋葉原に行って必要なものを揃えさせるんだ。寄り道させないのが、お前の仕事だ」

「何ですか、それ…」

御厨は言い返せない。秋葉原の電気街、通称オタクの殿堂に行ったら、確かに寄り道ばかりになりそうだった。

「社長、大好きなホテルの豪華スイートルームをご用意しますから、そちらで商談をしてください。ああ、そうだ。彼に当社の誇る、おいしいチョコレートを差し上げたらどうです」

さらっと葛西は言ったが、強力な媚薬入りなだけに、三人は思わず真っ赤になった。食べた後どうなるか、みんなその体で知っている。

「そ、そんなものを食べさせたら、ミスター・ウィンスレットがおかしくなるだろ」

「なったらなったでいいじゃないですか。これも当社の誇る製品だと言えばいいだけです」

発情した男を前にして、うろたえる潤一郎の姿が見たいとでも言うのだろうか。

葛西の顔には皮肉な笑いが拡がっている。

「いいですか、社長。嘘や演技が下手なのは知ってますが、ここは会社のために、ぜひ一肌脱いでください」

「本当に脱いだら怒るくせに……」

潤一郎はふてくされたが、ここで逃げることは許されそうにない。

「どうせなら最高のスイートルームを予約して」

ちらっと葛西を見て言う口元には、もう微笑みが浮かんでいた。

まだ自分の身元はばれていないと安心しているのか、ケントは呼び出されてうきうきとしてやってきた。そして前回の非礼を詫びた後で、今回はきちんと潤一郎の対面の席に座っていた。

「潤一郎、許されたことは嬉しいが、あなたの心が変わってくれればもっと嬉しい。急ぎすぎたことを反省しています」

「いいですよ。それより冷静になって、商談を進めましょう」

葛西が聞いているのだ。迂闊なことは喋れない。構える潤一郎の心配をよそに、ケントの目はまたもやハートマーク状態だ。

テーブルの上には、この間のお返しのように豪華な薔薇の花が飾られていた。だがその中には、性能のいい特殊マイクが隠されているのだ。

隣室のベッドルームで、御厨と崎田が盗聴のために待機しているなどと、ケントは想像もしていないようだった。

「投資の件ですが…もう一度詳しく話してください」

珈琲《コーヒー》の準備がしてあった。銀色の洒落たポットから、潤一郎はケントのために注いでやる。ついでにそれとなくチョコレートの載った皿を示した。

手前の一個だけが、よく似てはいるが他社のチョコレートだ。おかしな成分など入っていない。それ以外は北条商事の隠れた人気商品、媚薬入りのチョコレートだった。

潤一郎は許された一粒だけを口にした。ケントは食べるだろうか。あまり意識して見つめると疑われる。そう思ったがケントは素直にチョコレートに手を出したのだ。おいしいですねといいながら、二粒も食べてしまった。

効果を知っているだけに、潤一郎は気まずい。しかし北条商事のリサーチをしっかりしているのなら、こんなおかしな商品を作っていることだって、知っているべきなのだ。

ケントは珈琲を飲みながら、べらべらとアメリカに工場を作る話を進める。そして教えてもいないのに、新製品をも売り出す話をしていた。

葛西の調査結果では、彼にはもうそれだけの金を動かす力はない。すべてを下らない映画制作に使い果たしてしまった筈だ。

「あなたの会社の、資本金の保証をいただきたいんですが」

潤一郎はいかにもビジネスの話らしく、そつなく進めていく。けれどケントの方は、何だか落ち着きがなくなってきていた。

「すぐに書類を用意していただけますか？　それによって検討しますが」

「……スイス銀行の口座を、確認していただければ」

うまく演じろと葛西には言われた。

けれど潤一郎は、やはりこんな騙し討ちのようなことは嫌だった。

「体の具合がおかしくないですか？」

「潤一郎…その…この部屋での商談に何か特別な意味はありますか。どうもおかしい。何だか、全身が熱いんだが」

「当社の誇る、ガラナ入りのチョコレートは、一粒でも充分に効果がありますから」

「ガラナ入りのチョコレート？」

「投資家とおっしゃったけれど、我が社のヒット商品は『タイムリミット』しかご存じないんですね。インターネットのホームページでも紹介されていますし、あなたがこれを知らないってことは、投資家としては失格ですよ」

ケントは何も言い返せない。ただ欲望に染まったぎらつく視線を、潤一郎に向けるだけだった。

「僕は、足利さんとあなたを共用したくはない」

盗聴している御厨と崎田は、きっと社長ーっ、まずいっすよと叫んでいることだろう。

けれど潤一郎は逃げたくない。正々堂々と戦いたかったのだ。

「スイス銀行の口座に振り込まれる金額は、足利物産から流れてくる見せ金でしょう？　ビジネスのために姑息な手を使うのはよくあることですが、あなたのような魅力的な男性が、あの足利物産の手先に利用されているだけなんて哀しすぎます」

潤一郎は目元に手を添える。泣いてやるつもりなどなかったが、つい感情が高ぶってしまったようだ。

「今でも彼を愛しているんですか？　だったらあなたの愚行を許します。もしお金のためにやっただけだとしたら、僕には戦う準備はありますが」

ずっと胸にあった蟠《わだかま》りが、これですっきりしていく。愚かにも浮気に走ろうとしたけれど、ここまで言い切れば葛西も許してくれるだろう。

「性的な関係でも持てば、僕が言いなりになるとでも思ったんでしょうか。だとしたらとんでもない屈辱です。あなた達が僕を、どんな風に捕らえているかよく分かりました」

「違う。違うんだ、潤一郎。あなたの魅力に負けたのは、私の本心だ。正直に言おう。君が私のものになってくれるなら、足利物産とのことは話してもいいと思っていた」

とんでもないところでビンゴになってしまった。興奮しているせいか、ケントは自制心もなく足利物産の名前を自ら語りだしたのだ。

ケントは立ち上がり、潤一郎が一人で座る三人掛けソファの横に移動してくる。いざとなったら御厨と崎田が助けてくれると信じていたが、潤一郎は構えていた。

「彼とはもう終わっている。仕事の話があるからと呼び出されただけだ。こんな素敵な人を騙すことになるのなら、最初から話に乗ったりしていなかったよ」

「……詳しい事情を話していただけますか？」

「君が許してくれるのなら」

ケントは潤一郎の手をとり、そこに唇を押し当てる。

ストープと叫びたいのを堪《こら》えて、潤一郎はすっと手を引き抜いた。

けれどケントの体は、今にも潤一郎に覆い被さろうとしていた。

「そこまでです。それ以上、僕に近づいたら…」

「あんなチョコレートを食べさせたのは、そのつもりがあったからだろう」

「ノーッ。うちの商品をどれだけ知っているか、確かめるためです。離してっ」

「北条商事の新製品の秘密を聞き出したら、足利物産がいくら用意するつもりがあったか聞きたくないか…。その金額をキャンセルしても、君が欲しい」

「ちょっと、いいかげんにしつこいっ！」

じたばたともがく潤一郎に助けの手は伸びないのか。

その時、ピンポーンといきおいよくチャイムが鳴った。

潤一郎はケントを押し戻し、スーツを直して急いでドアに向かう。

「周太郎、遅いっ！」

怒りの表情でドアを開いた潤一郎は、見知らぬ眼鏡の男が立っていたので驚いた。

「し、失礼…」

葛西は彼の後ろにいて、眼鏡をかけた痩せた女性を伴っている。

「松波《まつなみ》弁護士事務所の高梨です。初めまして…こんな場所でいきなりの挨拶で失礼します」

丁寧に挨拶はしていたが、高梨の顔に浮かんだ暗い陰りを、潤一郎は見逃さなかった。

「手紙を寄越した女性をお連れしました。恐喝容疑で訴える準備があると説明しましたら、話し合いに応じてくれるそうです」

後ろに控えている女性を、高梨はそれとなく室内に引き入れようとした。

「葛西部長。どういうこと？」

こんなシナリオが用意されていたなんて、潤一郎は知らない。

葛西はとぼけた表情で、女性の背中を押して室内に入ってきた。

「都内は嫌煙権が蔓延していて、喫煙者には厳しいです。社長、申し訳ないですが、一服させてください」

煙草を取りだして口に銜えた葛西は、満足そうに微笑む。

だが、女性がケントを見ていきなり泣き出したせいで、室内の雰囲気は一気に修羅場と化していた。

「マイク、どうしてここにいるのっ。やっぱり騙したのね。あたし、利用されたんだわーっ。ひどいっ、ひど――いっ」

高梨は女性の肩を抱き、何とか慰めようとする。

ケントは真っ青になりながらも、下半身をそれとなく手で隠していた。

「では、続けてこの場に、足利物産の高光《たかみつ》氏にご登場願いますか？　それとも後日、正式に法廷で会いますか？」

葛西は潤一郎に訊いた。

「どう思う？　周太郎だったらどうする。足利物産の御曹司には、きついお仕置きが必要かな」

「必要だと思いますよ」

煙草に火を点けると、葛西はゆっくりとケントに近づいていき、その前の席に座った。

「ミスター・ウィンスレット。客をうまく騙すのが商売ですが、人間として最低、やってはいけないことがあるのを知ってますか」

「……中身を確認しないで、チョコレートを食べることだよ」

怒ったようにケントは答える。

葛西は笑った。

「人のものに手を出すことと、罪のない女性を騙すことです。純情なあの女性を騙しただけで、あなたの罪は重い。また騙すように指示した、足利物産の罪はもっと重い。社長の指示があれば、北条商事は本気で戦いますよ」

ふんっと葛西は鼻先で笑った。

この程度の男に、俺が負ける筈がないと、久々の優越感を味わっているようだ。

勝った葛西は格好いい。

こうやっていつでも、肝心な場所で男らしさを示してくれるから、潤一郎は葛西以外の男を愛せなくなっていくのだ。

「どうなってんですか。すいません…。俺達、もう出て来ていいかな」

隣室からそろそろと、御厨と崎田が出てくる。

潤一郎は二人を見て、笑顔を浮かべた。

「ご苦労様。本日の仕事は、これで終わりだ。レストランで食事をしてくればいい。その後は、よければこの部屋、君達で自由に使っていいよ」

潤一郎はそれとなく、テーブルの上のチョコレートを目で示して笑った。

「そうはいきません。ただいまより警察に出向かないといけませんので。御厨、崎田。この部屋でいったいどんな会話が交わされたのか、悪いが聞かせてくれないか？」

けれど葛西の厳しい声が、御厨と崎田からやったといった表情を失わせる。

「ちょっ、ちょっと周太郎、それは…今はまずい」

「どうしてですか。弁護士の高梨先生に聞かれたらまずいことでも、社長、お話になったんですか」

名前を出された高梨は、穏やかに微笑んでいるが、そろそろ葛西と潤一郎の関係に気付いただろうか。

潤一郎はその場にいる全員に見つめられて、どう答えたらいいか迷った。

「ではこうしよう。北条商事はただいまより、足利物産に宣戦布告する。手始めに、警察に事情を話さないといけないが…その前にだ」

そこで潤一郎は、ほっと肩の力を抜いた。

「ルームサービスを頼んで、お茶にしよう。御厨君、それぞれに注文を訊いて。僕は…そうだな。

スイーツと紅茶で…」

全員が黙り込む。

修羅場になる筈が、優雅なお茶の時間になってしまうのか。それでいいのかとの非難は、さすがに誰も潤一郎には言えなかった。

風は冷たいが、日射しは暖かないい一日だった。東大の赤門前でタクシーを降りた潤一郎は、革のコートを着込んでいるというのに、ぶるっと体を震わせる。後からタクシーを降りた葛西は、厚手コットンのショートコートにジーンズという、滅多にしないような格好をしていた。

「ランチをご馳走してくれるって言ったけど、周太郎、今からどうするの。ここ東大じゃないか。こんなところに秘密のおいしいお店でも発見した？」

「何でもいいから、数を言え」

「数？　うーん、それじゃ、僕の歳の数、三十一」

「そうか。それじゃ今から歩いていって、三十一軒目の飲食店で飯にする。そこが潰れそうな蕎麦《そば》屋でも、最悪のファーストフードでも文句はなし」

「嘘っ。そんなルール、誰が決めたんだ」

「すごろくデートだ。文句言うな」

葛西は大股の足で、さっさと歩き始めてしまった。そうなったら潤一郎も追っていくしかない。

デートしようと誘われて、悦んでお洒落をして出て来た。葛西の格好がカジュアルだし、大きめのスポーツバッグを手にしているから、ラグビーの試合でも観戦するのかなくらいにしか潤一郎は思っていなかったのだ。

「歩けってこと？」

「歩けば好きなだけ甘い物も食べていいぞ」

「僕は善処しただろう。もっと褒めてもらってもいいくらいなのに、ご褒美デートがこれ」

まだ路上に枯れ葉が残る街を、潤一郎は小走りに葛西の後をついていった。

潤一郎としては最善を尽くしたつもりだ。足利高光の愚行を連ねた報告書を、潤一郎は何と足利物産の社長に直に手渡してしまったのだ。偉大な父親に叱られれば、少しは、いや多いに反省する筈だ。

「潤一郎、おまけもあるぞ」

「これで五軒目…まだまだランチは先じゃないか。何、おまけって」

「銭湯があれば入る」

「銭湯？」

潤一郎は生まれてこの方、銭湯など入ったことがなかった。

「それって…男の裸が」

思わず笑い出しそうになった潤一郎だが、慌てて口元を隠した。ランチの店だって、どんな場所が当たるか分からない。銭湯だって、中にいるのはお爺さんと子供ばかりだったら、何の面白みもないだろう。

何が出るか分からないというのは、どきどきして新鮮だ。そんな愉しみを与えてくれた葛西の腕を、潤一郎はぎゅっと掴む。

この腕は、二度と離したくなかった。

危険な社員旅行

北条《ほうじょう》商事、営業一課に入社してすぐに取り組んだプロジェクト。ダイエット食品『タイムリミット』が大当たりしてくれたお陰で、俺、御厨東吾《みくりやとうご》はリストラの心配もなく、今日も元気に働いている。

不景気で物が売れない時代だからこそ、頑張らないといけないのが営業マン。憧れのスーパー営業部長、葛西《かさい》部長のためにも働くぜ、俺は。

「不況でも売れる物はある。これからは自己投資の時代だと思います。ダイエットはまさに、健康で美しくなるための自己投資ではないでしょうか。今後、さらに次なるプロジェクトを…」

北条商事始まって以来の純益を上げた『タイムリミット』の決算報告会で、葛西部長はきりりと顔を引き締めて話している。あんまり葛西部長ばっかり見てるとな。横に座ってる同僚で…俺の…その…恋人である崎田南平《さきたなんぺい》が怒り出すからな。

「ありがとう、葛西君。お陰で当社は、久々に素晴らしい利益を上げることが出来ました。これも社員の皆さんのお陰だと感謝しています」

続けて壇上に立った副社長は、いつものように、まったりとした声で話しながら、潤《うる》んだ瞳を葛西部長に向けている。

「まずいよ。いくら私生活ではそういう仲だって。俺達みたいに、社内では普通にしてないと。

「そこで提案なんだが。昨年までは、業績不振からずっと中止になっていた社員旅行など、ここで復活してみたらどうだろう。働くだけが会社じゃない。楽しみもないと」

素晴らしい提案を、副社長はいきなり切り出した。

「そうだな。ハワイにでも…。ラスベガスでもいいけど」

にこにこと笑う副社長に、重役以下、報告会に参加している社員全員が驚きの目を向けていた。

「ハワイ。ラスベガス…」

南平はあんぐりと口を開いている。

「冗談だろ。うちの会社に、社員が何人いると思ってんだよ」

ぶちぶちと南平が言っている声が聞こえたとは思えないが、一度は着席していた葛西部長が再び立ちあがって吠えていた。

「副社長。社員旅行の企画は、社員の親睦を深める意味合いでも、素晴らしいとは思いますが…。ハワイなんてとんでもない。熱海《あたみ》で充分です」

「熱海…」

今度は副社長が、美しい口元をあんぐりと開いていた。

「熱海って、あの熱海?」

「そうです。東京から一時間のあの熱海です」

副社長はえーっといった顔をしている。だが葛西部長は譲《ゆず》らなかった。

「副社長の金銭感覚は、我々庶民とかけ離れすぎているようです。使う余剰金があったら、しっかりプールしておくのが、不況時代を生き残る手です。社員旅行の計画は…営業部にお任せ下さい。最低の料金で、最高の企画を立てて見せますから」

そう叫ぶ葛西部長は、なぜか俺達二人をじっと見つめていた。

そっ。そういうことなの。結局は俺達がやらされるんだな。社員旅行の企画運営を…。


料金はどこよりも安く。大浴場などの施設は綺麗で、一品でも料理を多く、一人一本ビールをサービスさせて、何て言われてもな。宴席のコンパニオンは不要。お互いがお酌して回ること。タレントなんてのは呼ぶな。社員にも芸の出来るやつくらいいるだろう。って、葛西部長は言うけど、そんなことで楽しい社員旅行になるんだろうか。

だがこういう企画になると、南平は燃えた。不況の影響でどこのホテルも客を待っている。そこに巧みにつけ込み、低予算で見事にすべてを仕切ってしまった。


「えーと。社長挨拶。専務挨拶。常務で乾杯。それから各部署ごとの出し物と…」

すんばらしい旅行計画書を手に、南平はホテルの中を走り回っている。俺はただその後ろをくっついて追いかけてるだけ。

「南平。隠れた才能だな」

「んっ…。そうか？　俺、本当は旅行代理店か大手観光会社に就職したかったんだぜ。こういうの仕切るのは得意なんだ」

「大学時代はバスケやってたんだろ。どう関係あんの」

「マネージャーと一緒に、毎年合宿の計画立ててたからなぁ。その時の経験が生きてるんだよ」

足の長い南平の後をついていくだけで大変なんだよ。俺は息を切らせて、南平のスーツの裾《すそ》を引っ張った。

「やたら広いホテルって、これだからやだっ」

「文句言わない。夜中に二人でこっそり露天風呂行こうぜ。んふふふ。危険な場所でするってのは、燃えるよな」

出た！　やっぱりそれか。

社内の資料室やトイレだって、充分に危険な場所だと思うけど。

「どうすんだよ、営業一課の出し物。担当は俺達だぜ。何の打ち合わせもしてないじゃん。二人で笑えない漫才でもやるの」

「用意はしてある。今から着替えだ」

「へっ。またまた、俺に内緒で勝手に仕切るんだから」

「庶務課。総務。それとお局連中の後が俺達の出番だ。俺は直前に着替えるが、東吾は先に用意しとかないと」

「…何か悪い予感が…」

当たるんだよ。俺の予感。

南平は俺達に振り当てられた部屋に俺を連れ込むと、バッグの中からごそごそと何かを取り出していた。

「んっ？　もしかして、それを俺が。嘘だよね。冗談だろ」

「んふふふ。似合うのは保証するぜ」

「似合うだって。こんなもん俺に似合うわけねぇだろがっ」

似合ってたまるかっ！

だって、だってぇこれって、バニーガールの衣装じゃん。

ぴんっと上がった耳に、網《あみ》タイツ。そして…体にピタッとフィットする黒サテンのほとんど下着状態の衣装。

「南平…俺にこれ着せて、何させるつもりだ」

「安心しろ。俺が手品をやるから、お前は横にいてアシスタントするだけだ」

「だったら何もこんな恰好することないじゃん。普通でいいだろ、フツーで」

「俺達は営業一課の代表だろ。何事もベストを尽くせ。葛西部長の部下だったら、そのお約束は守らないと」

「…お前の趣味なんじゃねぇの？」

南平はにやにやと笑っているだけだ。口では言わなくても、そうだよと俺に教えてくれちゃってる。

「東吾なら着られるはずだ。毎晩その体を抱っこしてるからな。サイズは知り尽くしてる」

「無理だ。こんなの、着られるかっ」

「問題はあそこだよな。むっくりしてると、やっぱまずいでしょう。そこで、これ」

南平はガムテープを示した。

「宴会終了まで、トイレは行けないぜ。今のうちに行ってこいよ」

南平。愛してますが…今はマジで殴りたい。もしかしてそのガムテープで、俺のナニを体に貼りつけるつもりかよ。

「やだっ。毛が、はさまったら痛いだろうが。南平には愛情がないのか。俺が痛い思いすると分かって て、ガムテープかぁっ」

「そうだな。ついでにむだ毛処理、しちまおうか。網タイツから毛が見えるのもなぁ」

「へっ…そ、剃る気？」

ま、まずいっ。俺はさささっと壁際に後退していた。

「逃げるなよ。こっちにおいでぇ」

いやらしい目で俺を見つめながら、南平はこっちこっちと手招きしている。その先にあるのは風呂だろう。

「そ、そろそろ宴会場に行かないと」

「わかってるさぁ。だから、さっさと済ませちまおうぜ」

ぷるぷると首を振って抵抗する。だが無駄だっていうのは分かっていた。

「脱げよ。それとも強引に脱がされたい？」

「あ、足だけだからな。ナニはいじるな。それが条件だ。守らないんなら、そんな恰好しないからな」

「いいよぅ、別にぃ」

危ない。南平、約束をちゃんと守れるかな。あの目つき、かなりもう危なくなってるんだけど。

それでも俺は愛する会社と南平のために、素直に下半身を晒《さら》してしまった。

「おおっ、いいなぁ。東吾の生足」

ホテル備え付けの安物T型カミソリで、南平は俺の脛《すね》から綺麗に毛を剃り落としていく。最後にお湯で流されると、つるつるして綺麗になっていた。

「副社長、潤一郎さんは完全に処理してるぜ。お前もしたら」

突然南平は俺の足を持ちあげて、ちゅっとキスなんてしている。

まずい…。こんな状況なのに、ちょっとおかしくなりそう。

「んーっ、やっぱりガムテープ貼るのに、このままはまずいよ。ここも剃ろうな」

「それはしないって約束じゃっ」

抵抗は無駄だった。南平はカミソリを手に、俺の前に跪《ひざまず》いている。目の前にあるナニをむずっと摑まれたら、もう抵抗は許されない。

「やっ、こらっ」

フワフワムース状態のシェービングクリームが塗られる。そして一気にじょりっと…。

「あっ、そうかぁ。こんなとこ剃ってると知られたらまずいよな。これで東吾。会社の連中が入ってる時間に、大浴場には入れなくなっちまったな」

「南平…まさか」

「俺としては嬉しいけどねぇ。東吾の可愛い裸なんて、社内の誰にも見せたくなーい。俺だけのものだかんな」

「……」

わっかんねぇ男。何もそこまで心配しなくたって、俺の裸見て興奮するのは、南平くらいのもんだ。

「やだな、ガキみたいで」

剃られた後を見ていると、激しい後悔が襲ってくる。

る。いつになったら、元に戻るんだろう。それまではサウナにも行けない。

シャワーで流され、綺麗になったそこにガムテープがビタッと貼られた。ナニは潰れて、腹にくっついている。そのまま南平は、網タイツを穿《は》かせようとしていた。

「パンツは?」

「トランクス穿いてるバニーガールなんているか。ノーパンだ、ノーパン」

「こんなことするって分かってたら、ちっちゃなビキニくらい用意してたぜ。そしたら、剃ったりしなくてもよかったのに」

「文句言ってる時間はないぜ」

網タイツの上に直接、つるつるとしたサテンで作られたバニーガールの衣装を着せられる。けつはどうにか入ったが、胸が少しきつい。男はバストはないけど、胸囲は思ったよりもあるからな。

「きつい。こんなの着てたら飯、喰えない。あんなに頑張って料理交渉したのに」

文句を言いながら南平を睨みつけた俺は、その目が完全ハートになっているのに気がついた。

「東吾…可愛い…」

「二度と可愛いなんて言ったら…」

ぶっ飛ばすと言おうと思ったが、もう間に合わなかった。俺はあっさりと床に転がされて、今着たばかりの衣装を脱がされていた。

「南平、よせっ。やっ、あっ、やだぁ」

俺の弱点を知り尽くした南平の手が、的確に中心を攻めてくる。こうなると俺もおかしくなってきた。思わず自分から俯《うつぶ》せになって、高く腰を上げていたが、何かいつもと違う。

ガムテープだ。

ナニは興奮しているのに、押さえつけられているままで、それがまた何か刺激的で。

「んっ、んっ、んんっ」

「東吾だって感じてるんだろ。いつもと違うシチュエーションって、刺激的だよな」

「テープ、外して。痛い」

「んーっ。テープ？　ああ、それね。自分のナニで外してみろよ。勢いよくばりっと」

「出来るか…そんなこと。やっ、ああっ」

痛いのが、何かたまらないんだけど…。俺ってそっちの素質ありありなんだろうか。

当然のように南平が押し入ってくる。そうなると俺の体も同じように反応してしまうわけで。完全に大きくなっちゃったそこからは、ガムテープのせいで、出したい物も出ていかないわけで。

「あっ…」

思わず手でガムテープを剝《は》がそうとしたら、南平の手が意地悪くそれを阻止した。

本当にナニのパワーでばりっと破かないといけないのか。この俺にそんなこと出来るか。やれるのは南平くらいのもんだろう。

「やっ、やだっ。剝がして、このままじゃいけないーっ」

「うう、むっちゃ可愛い。悶《もだ》える東吾が、可愛すぎるぜっ」

南平、いつもよりずっと激しい。

熱海まで来て、やってるのは結局いつものこれかよっ。

「ああっ、剝がして、早く、ああん、いかせて、南平…」

思わず叫んでしまったが、こんな危ない台詞を聞いた南平が、素直に俺をその場で解放してくれるはずはなかった。余計に刺激しちまったみたいで、べりべりとやっぱり痛い思いをして剝がされるまで、俺の苦しみは続いたのだった。

新製品のために、メキシコまで行った。そこで地元の反政府グループに監禁されて脅されて、つらーい目にも遭いました。苦労して作りあげたその新製品品のお陰で、こうして社員旅行にも来られたんだけどね。

もっといい思いする権利はあると思うんだけど。南平はいいよ。颯爽《さっそう》と宴会を取り仕切り、最後の各部署ごとの出し物でも、タキシードに吸血鬼マントだもんな。

タキシード、葛西部長に借りたんだって。これでまた女子社員の査定がアップ間違いなしだよ。カッコいいぜ。いけてるよ。俺の心もまた熱くなっちまったさ。

で…俺のこの恰好は何？

「それでは営業一課の新人コンビによる、マジックです」

呼ばれて宴会場の舞台に、颯爽と南平は登場した。女子社員の騒ぐこと。その後に出ていく俺って…。

「えーっ、あれ誰。うちの社に、あんな美人いたかぁ」

女好きの営業課長は、もう酔ったのかでれんとした顔で俺を見ている。

「うそーっ、御厨君。やだっ、かわいいーっ。写真、写真よっ」

女子社員がさらに騒ぎまくっていた。

恥ずかしさも頂点のはずが、おかしなもんであまりに騒がれるとちょっと嬉しいかも。お笑いタレントの心境が少し分かったかもしれないな。

頭にうさ耳。尻尾もちゃんとついてるよ。前じゃなくって、後ろにふわふわした白い毛玉みたいなのが。顔もメイクしてます。

そこまでやって、俺がしてるのは、南平がぱっと取り出す花だとかハンカチを、さっさと片づけるだけ。

これだけのために、あそこは剃られ、勢いよく押し倒されて…。

「いいか、東吾。この後の豪華景品大当たりでも、お前が景品渡す役だからな」

ほんの数分のマジックショーが終わると、南平はさらに俺に追い打ちをかける。

「まだこの恰好してないと駄目なの」

早く着替えて、元に戻りたいのにぃ。

何が豪華景品だ。社内の在庫処分だろう。どうせなら、新車の一台もくれってんだ。新製品一年分なんて貰ってどうすんだよ。

それでも俺は笑顔を浮かべて、各種商品の目録を当選者に手渡す。近くに来た社員は全員、俺の顔を見ては笑っていた。

剃られた足が寒い。温泉まで来て、この寒さっていったい。

喜んでるのは、お局連中含む、女子社員ばっかりだ。受付のおねぇさんや、秘書連中まで受けてる。

いや、親父社員も喜んでるな。課長、頼むから明日から俺を変な目で見ないでね。常務。どさくさに紛れて、けつ触らないで。後で南平にどんなことされるか分からないだろうが。

あっ、もう一人問題なのがいた。


最後に挨拶する予定の副社長は、俺に近づいてくるとじっと見つめている。濡れたようなそんな瞳で見つめられても、俺達同じように受け専門でしょ。

「御厨君…可愛い。いいなぁ、その衣装、よく着られたね。僕、君より体大きいから、無理かな。僕も着てみたい」

「はっ…ははは」

意味もなく笑ってごまかした。

だって副社長の後ろにいる葛西部長が、また余計なことしやがってと、鬼みたいな顔でマジ切れ五秒前とカウント始めていたんだ。

社員旅行なんて…嫌いだ。

大嫌いだぁっ。

END

潤一郎の密かな悩み

診察室に現れたドクターを見た瞬間、北条潤一郎《ほうじょうじゅんいちろう》はやっぱり帰ろうかと腰を浮かしかけていた。

まずい。男性機能を診断する泌尿器科のドクターが、美人だったら逃げ出したくなるという男の話はよく聞くが、男大好きな潤一郎にとって、美女以上に脅威なのはいい男だ。

もっとも脅威と思える、黒髪の色男、しかも百八十はある潤一郎よりわずかに背も高く、逞しい胸板をしたドクターとあっては、もう何も話せそうになかった。

「北条さん…でしたか。お見かけしたところ、とても若々しくて健康そうですが…男性機能の問題でお悩みですか」

江戸時代から続く、日比谷《ひびや》の診療所を構える東埜《ひがしの》泌尿器科。政財界の人間も多数訪れる、日本一の男性機能回復実績を誇る病院だ。白髪のいかにも人当たりのよさそうなドクターを想像していただけに、潤一郎のショックは大きい。

こんな素敵な男があそこを診察してくれるというのなら、喜んで自分の方が診察台に上がってしまいそうだ。

「いえ…あの、実は、大変言いにくいんですが、僕ではなく、そのパートナーが…」

奥様ですかなんてマヌケなことは、東埜ドクターは言わなかった。

「そうですか、やはりご本人にいらしていただかないといけないんですが、その方の年齢は、失礼ですけど、うかがってもよろしいですか」

「はい…四十になったばかりの働き盛りなんです。僕の部下なんですが、働かせすぎたんでしょうか…。もう十日も…」

愛の同棲開始から、一年近くが過ぎている。その間に長期出張以外で、こんなにほっとかれたことはない。潤一郎は相手が自分好みのいい男であるにもかかわらず、本心をさらけ出していた。

「十日…ですか」

東埜ドクターは綺麗な歯を覗かせて笑った。その程度セックスなしで、病院に駆け込むなんてと笑いたい気持ちは分かるが、何よりセックスが好きな潤一郎としては、死活問題だったのだ。

「笑わないでください。今まではこんなに何もされなかったのなんて、一度もなかったんです。愛が醒めた訳じゃない。それは確信してます。問題があるとしたら…」

勃起不能。最近ではEDなどと呼ばれる症状が、潤一郎の愛する葛西周太郎《かさいしゅうたろう》の肉体を蝕《むしば》んでいるとしか思えない。

「浮気の可能性は？」

ドクターは愉しんでいるのだろう。顔が緩みっぱなしだ。

「彼が浮気なんてする筈がありません。二十四時間、監視…してるわけじゃないけど、仕事のスケジュールは管理してますから」

こんなに放っておかれたら、自分から浮気してしまう潤一郎だが、同棲開始以来それは自粛している。全身を入念に手入れして、葛西がその気になったらいつでも相手が出来るようにしているのに、ベッドに入った途端、葛西は背を向けて眠ってしまうのだ。

「この間の休みだって、接待ゴルフに出掛けちゃうし…帰ってきても、疲れたって言うだけで…」

果てしなく落ち込む潤一郎に、ドクターは笑いを引っ込めて、ひどく真面目な顔で言った。

「薬を調合するのは簡単です。ですが、単なる疲労かもしれない。疲労回復薬でしたら、出しますよ。催淫効果のある薬は、その時は効きますが、依存するようになったら厄介ですから」

「薬…ですか。やっぱりあれって、使いすぎると駄目なんですか」

「市販の怪しい民間薬は気をつけた方がいいですね。肝臓や腎臓に負担をかけてしまい、その結果、本物の機能障害になることもありますから」

身に覚えがある潤一郎は、思わずスーツのズボンを握りしめていた。

「そんな…」

「それよりももっといい妙薬がありますよ」

ドクターは素早く看護師を呼んで、薬の指示を出す。

「パートナーの方には、疲労回復薬をお出ししますが、あなたには特別の処方箋《しょほうせん》を…」

「特別の処方箋…」

「ロマンスが足りないんです。わくわく、どきどきってやつですね。たまには目先を変えて、違った場所で愉しむのもいいですよ」

すっと差し出されたのは、潤一郎にとっては何よりも嬉しい、大人向けの遊びの一覧表だった。

「ドクター。こういうのって、どこで調べられたんですか…」

「日本人の四十代以上の男性のうち、EDで悩んだことがあるのは一千万と言われてます。中には精神的なもので治る方もいますからね。お試しになってみて、駄目な時はまたぜひ当院に」

本来ならこんな病院には、世話になりたくないと思うものだ。だが潤一郎は、このドクターがいつも相手してくれるなら、何度でも来てみたい気になってしまう。

潤一郎はやっといつもの自分を取り戻し、何とも魅力的な笑顔をドクターに向ける。

「ドクター、残念です。パートナーがいるってことを、言わない方がよかったかなって、今、ちょっと後悔してます」

ドクターもまた、同じように素晴らしい笑顔を向けて、潤一郎にとっては刺激的すぎる言葉をさらりと口にした。

「嫉妬は最良の刺激剤…という言葉もありますが…。今回はその処方は無しということで」

いっそ処方して欲しいと思いつつ、潤一郎は悩ましげなため息をついていた。


そして数日後、潤一郎は知り合いのつてを頼って、ついにその秘密倶楽部への入会資格を手に入れていた。

「周太郎。今夜のスケジュールは譲れない。僕に同伴して」

北条商事の社長室に、葛西を呼び出した潤一郎は、半ば脅しのように一枚の赤い封筒をちらつかせた。

「何です…社長。特別な接待ですか」

「そう…特別な接待だよ」

潤一郎はデスクの椅子から立ち上がると、葛西の前に回ってネクタイを掴み引き寄せる。そのままキスする直前まで顔を近づけて、甘い声で囁いた。

「接待に同伴するのが嫌なら…ここで…いつもみたいに僕を愛してくれてもいい…」

ネクタイをくいくいっと引っ張っては誘っているうちに、潤一郎の目は潤み、臨戦態勢になっていた。

けれど葛西は口をへの字に結び、あくまでも拒否する態度を崩さない。

「御言葉ですが、社長。ただいま勤務中です。退社後の接待も、勤務の一環としてでしたら、どこへなりとお供いたします」

「…周太郎のバカ。何を意地になってるんだ」

「意地になんてなってません。お互いに、健康には留意いたしませんと」

「あっそっ、分かった。では、退社後、同伴するように」

葛西のネクタイを投げつけるようにして離しながら、潤一郎は形のいい唇を尖らせる。

それだけで許したのは、潤一郎にも思惑があるからだ。退社後の時間が楽しみで、わくわくしていたせいもある。

葛西は何かあるなと、少し疑いを抱いたようだが、それ以上追及してくることはなかった。


そして夜。

二人が訪れたのは、旧家の豪邸《ごうてい》だった。入り口に受け付けがあり、そこで真っ赤な封筒を出した潤一郎に、体にぴたっと張り付く赤いレザーのビスチェ姿の女性が訊いた。

「奴隷はここで脱いでいただきます」

「はっ？　いや、僕らは違うんだ。そこに書いてないかな」

「ご同伴一名としか書いてございませんが…そちらはマスターでよろしいですか」

「マスター？　あっ、そうマスター」

実は潤一郎にも、ここがどういった場所だかよく分かっていない。ドクターに貰った資料の中に、会員制の倶楽部とあって、そこにたまたま知り合いがいたから申し込んだだけだ。

会員になるのにも資格があるらしく、潤一郎は数日待たされた。やっと招待券を入手したものの、この手の趣味のなかった潤一郎としてはどきどきものだ。

「社長。ここでどなたを接待するんです」

「葛西部長。君を接待してあげるよ」

「どう見ても、これはＳＭ倶楽部じゃないですか。大変申し訳ないですが、私、こういった趣味は一切ありませんので」

葛西は不機嫌マックスの顔をして言った。

「いい、周太郎。ここには素晴らしい教授がいるらしい。彼の講義を我々も聞くべきだ。何でも人間の支配と被支配の問題らしくて…」

「お断りだ。俺は鞭《むち》にも蠟燭《ろうそく》にも興味はないね。無知な消費者に、蠟燭の必要性を感じさせて売れって言うなら、何万本でも売ってみせるが」

「周太郎…何事も社会勉強だよ。いい大人なのに、こういった遊びを知らないと、何かの時に恥をかくだろ」

どうしても潤一郎は引き下がらない。どうせ嫌らしい興味しかないくせにと、葛西はぎりぎりと奥歯を噛みしめていた。

そこに案内役のこの館の女主人が現れてしまったから、葛西もさすがに帰るに帰れなくなってしまった。女主人は潤一郎の腕に自分の腕を絡めて、カーテンで仕切られた魔窟《まくつ》の中に二人を案内していく。

「ご紹介者がなければ、この奥には入れませんのよ。どういったご興味がおありなの」

ただ入るだけでも、実は法外な金額を支払わされている。そこまで葛西が知ったら、十日どころか、一ヶ月セックス抜きにされそうだった。

「いえ…自分達の関係性を見直すいい機会だと思いまして」

「そう…ではどちらがマスターか、まだ分からないご関係なのね」

マスターが上司である潤一郎だとは限らないのがこの世界の奥深さだ。潤一郎は思わずごくっと喉を鳴らしていた。

中に入ると、ほとんど全裸に近い、鎖に繋がれた男女と、普通に服を着た人間が混じっている。室内が暗くなければ、もっと様々なものが一度に見られるのだろうが、蠟燭の灯りだけなので、二人にははっきりとは見えない。

「よろしければこの倶楽部が誇る、最高位のマスターをご紹介しますわ」

女主人はバーのカウンターに座っている、一癖も二癖もありそうな、長身の色男の側に二人を案内した。

「教授…ここではみんな、そう呼んでますの」

潤一郎はその男に見つめられただけで、魂が抜けたようにぼうっとしてしまい、葛西はなぜだか姿勢をしゃんっと整えていた。

二人をちらっと見た教授は、どうぞとカウンターのスツールを示した。

「よろしく…一応本職は、大学で経済学を教えています」

「そ、そうですか。僕達は…その、いろいろと販売するのが仕事でして」

珈琲からダイエット食品、何でも売ります、買いますの商事会社だったが、潤一郎はあえて名刺は出さなかった。

「手軽にSMごっこで遊びたいだけなら、私に構わずあちらでどうぞ」

教授はそれとなく、鞭打ちをショーのように見せるステージを示す。ステージでは素晴らしい体をした双子の青年が、鞭を手にして暇そうにしていた。

「いえ…そうではなくて、その…二人の関係性について思うところがありまして…。何かこう…刺激になるような」

潤一郎がおずおずと話している間、葛西はバーテンを捕まえて、早速バーボンを注文していた。

「彼を支配したい…。彼のマスターになりたいんですか」

教授は何とも魅力的な低音で、潤一郎の耳元で囁いた。

「支配なんて出来ません。ちっとも言うこと聞いてくれないんです。愛を呼び戻すには、何か刺激が必要なんじゃないかって」

「刺激。だったら簡単だ。ここで裸になって、一度思いきり鞭の洗礼を受けるといい。そうすると世界が一日で変わる。違った自分を手に入れられますよ」

「いえ…僕じゃなくって」

鞭は困ると潤一郎は怯えた。高い金を使って、エステで磨いた体だ。傷だらけになんてして欲しくない。

「遠慮することはない。いらっしゃい。あそこにいる二人はまだまだ未熟だが、私が直に指導している。鞭捌《さば》きはそこそこだと保証しますよ」

教授は潤一郎の手を取ると、早速ステージに向かって歩き出した。

「ちょっ、ちょっと待って。僕は違うっ」

「そうかな。マスターは君じゃない。彼だろ。最後には彼にも、鞭捌きを伝授して差し上げますよ。この私自らね」

「いえっ、あっ、とっ、周太郎っ」

だが肝心の葛西は、出されたバーボンを旨そうに飲んでいるだけだ。助ける気にもならないらしい。

ついに愛が醒めたのか。見捨てられてしまったのかと、潤一郎の頭はパニックになっていた。

ステージの真ん中に引き出された潤一郎に、客達はいっせいに注目していた。

「あら、綺麗な男」

「どなたの奴隷かしら。服を着たままなんて、新人なのね」

ご婦人方が嬉しそうにざわめき、男達は股間にそれとなく手を添えていた。

「い、いやだ。周太郎、助けてっ」

教授の力は強い。ジムで鍛えているといっても、シェイプアップ目的の潤一郎では太刀打ち出来ない。

双子が近づいてきて、左右から同時に潤一郎の腕を取った。

「いらっしゃーい。まずはそのスーツを脱がないとね。ニューヨーカー？　ヒューゴ？　アルマーニって歳でもないよね」

二人はどっちが喋っているのか分からないほど同じ声で、交互に話しかけながら、潤一郎のスーツの上着を脱がした。

「自分の本心と向き合ういい機会だ。君は彼のマスターになるには役不足なんだよ。それより…可愛い奴隷になるべきだ」

「奴隷…そんな」

もう十分に愛の奴隷だと思う。葛西のことを考えるだけで、他のことなんてどうでもよくなってしまうほど愛しているのに、それではまだ足りないのだろうか。

シャツが脱がされる。続けてズボンだが、そこであえて教授は二人を押しとどめた。

「下半身はまだだ。鞭打たれて失禁するかもしれない。ズボンに染みをつけた、惨めな姿を見たくないか」

言われた双子は、同時に目を輝かせた。

「さすが教授」

「見てください。手入れしてる、綺麗な肌」

つーっと双子の指先が、潤一郎の胸を這い回る。

「いっ、いやだーっ」

潤一郎の手が天井から下がる鎖に通され、後は鞭がその肌を引き裂くだけになった瞬間、葛西は潤一郎の前に立ちはだかっていた。

「お仕置きはこの辺で充分ですから」

そういって潤一郎の手を、鎖から外そうとする。お楽しみを奪われた双子は、そんな周太郎の肩を摑んで引き戻そうとした。

「冗談だろ。これからって時に」

「うるせぇっ。殴りたかったら、俺を殴れ。労災にも生命保険にも入ってるぞ。いくらでも殴れよ。だけどこいつを傷つけさせる訳にはいかないんで」

「周太郎ーっ」

自由になった潤一郎は、ひしと葛西に抱きついていた。

「まったく…セックスの後で、甘いもんばっかりばくばく食うから、太ったって悩んでたのは誰だ。やらなかったせいで、少しは痩せただろ。これに懲りたら、自分で摂生《せっせい》しろ」

「…えっ…」

そんな理由でやらなかったのだろうか。いや、絶対に嘘だ。葛西はただ疲れていて、潤一郎を持て余していただけなのだ。

そんな愛に溢れた思いやりのせいで、抱かなかったなんてことがあるのだろうか。

「教授。俺の方が真性のマゾですよ。何しろ彼のために、二十四時間戦い続けてるってのに、まだ忠誠を誓ってる。これがマゾでなくって、何だってんだ。鞭なんかで打たれるより、ずっと厳しいもんがあるのさっ」

ため息とともに語る葛西に、教授は優しい笑顔を向けると、今度は葛西の耳元に囁いた。

「彼には…たまに尻叩きをしてやるといい。傷も残らず、屈辱感を与えられる、最高の躾方法だ」

葛西は首を振る。

叩かれただけで済む筈がない。その後で怒涛のエッチになるのは分かっていて、わざわざするより、放置が一番潤一郎には堪えると、SMの達人でもない葛西は達観していた。

END

いつもご愛読ありがとうございます。北条商事のメンバーが、無事に戻ってまいりました。その間、『タイムリミット』もCD化していただきまして、嬉しい限りです。

彼等は何年ものブランクを感じさせることもなく、すんなりと動き回ってくれました。前作をお読みでない方は、この機会にぜひ『タイムリミット』『危険な残業手当』をお手にとっていただけたなら幸いです。

私もデビューしてはや九年になります。その間に仕事のペースも、きっちり優等生から、タイムリミットぎりぎりとなり、最近ではタイムアウトの連続となりました。

この場を借りて、関係各位に謝っても……しょうがありませんよね。

いやはや、反省の日々です。

時間は何よりも大切ですね。特にここ数年、私だけ加速装置がついてるんじゃないかと思えるくらい、時の速さを実感しています。

明けましての声が聞こえたと思ったら、もう年末。それくらいな速さに感じてしまいます。潤一郎は歳を取ることを怯えているようですが、私はそれほどでもありません。もう若くないせいかもしれませんが、悩むよりも自分に残された時間を精一杯愉しみたいと考えています。

その割りに仕事ばっかりしてるですって。

いや、私にとっては、書いたものを皆様にお届け出来るのが何よりもの愉しみですから、時間の許す限り、そして読者様が少しでもいて下さる限りは、続けていけたらと願っております。

ハイランド・ラキア編集部様には、長年に亘りいろいろとお世話になりました。

思い出せば最初に執筆依頼のお手紙をいただいた折り、パチンコ屋さん？　と、失礼な勘違いをしたのも今となれば懐かしい思い出です。

当時はまだ駆け出しの私にお声を掛けて下さっただけでなく、その後も様々な冒険を許して下さった編集部各位様。

このような場ですが、改めてお礼申し上げます。


イラストのやまねあやの様。幸運にも三冊のシリーズとなり、その分だけイラストを戴けましたことが、何よりもの悦びでした。ありがとうございました。


そして読者様。

あなたの貴重な時間を戴きました。ありがとうございます。

葛西部長だって疲れます。あなたの近くの働く男達に、時には優しい目を向けてあげていただけたなら、このシリーズもそれなりに意味があったでしょうか。

それでは…。

剛　しいら拝

LAQIA SUPER EXTRA NOVELS

剛しいらの既刊

新書判／定価：本体850円 ※消費税が加算されます。 ハイランド

教授の華やかな悦び

CUT 華　門

教授の巧みな愛撫に，瞳を潤ませ毎夜身悶える天根。留守中，天根を何者かに傷つけられた教授は，復讐の青い炎に燃える!!

眠らない夜に

CUT 高座朗

2013年，元ギャングの鎧は汚れた街に不釣合いな美青年・玲央奈を拾う。二人は激しく愛し合うが，妖しい組織が蠢きだし…。

危険な残業手当

CUT やまねあやの

タイムリミット

CUT やまねあやの

教授の密かな愉しみ

CUT 華　門

どうにも止まらない

CUT 櫻井しゅしゅしゅ

※上記のノベルズはお近くの書店、または当社の通信販売でお求めいただけます。

ラキア スーパー エクストラ ノベルズ
LAQIA SUPER EXTRA NOVELS

絶賛発売中 新書判 定価893円（本体850円+税5%）

サンクチュアリ
雪代鞠絵 illust★四位広猫

信心深い佐智は、美術商の叶に攫われ、死んだ恋人の代わりを強いられる。それは贅沢と爛れた快楽に塗れた日々だった…。

生徒会ナイツ～嘘だけ信じてね～
佐伯まお illust★すがはら竜

借金返済の為、客の前で鮎川へのいやらしい悪戯をする内藤。2プリ可愛い躰に夢中になるが、鮎川が金持ちに囲われる事になり!?

ポイズンローズ
沙野風結子 illust★すがはら竜

同じ大学の学生で、大財閥の御曹司・笈川。彼に惹かれ、その真意を測れぬまま甘い毒のような指に犯されていく洋樹だが…。

甘い罠で蕩かせて
高岡ミズミ illust★藤井咲耶

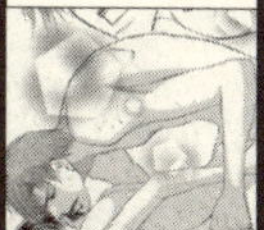

独りぼっちの知哉に手を差し伸べたのは化学教師の黒木。電車や学校で熱い雄をねじ込まれ、支配される悦びに華を咲かせる。

主人の本分
和泉 桂 illust★松本テマリ

深窓の令息・未月は、約束を違えた執事の入江に罰を与えたい。だが実際には入江の言葉一つで、疼く程に身悶えさせられて…。

ラキア　スーパー　エクストラ　ノベルズ

LAQIA SUPER EXTRA NOVELS

絶賛発売中　新書判／定価：本体850円

優雅で危険な愛人契約
四谷シモーヌ　illust★緒田涼歌

公家の末裔で天涯孤独の高校生・光生は、カジノでの莫大な借金に呆然。金持ちの高宮に「愛人にならない？」と誘惑されて!?

蜜月の夜に燃えて
藤森ちひろ　illust★海老原由里

兄の救出の代償は、中東の産油国アブディーンの王族・シャリフに躰を差し出すこと。瑞樹は昼も夜もなく爛れた快楽を刻まれ…。

優しい唇、意地悪な接吻《くちづけ》
萩野シロ　illust★梶本　潤

恋した鹿島の甘い言葉に唆されるまま、高津の後孔は淫猥に蕩ける。こんなにはしたなくなるのは鹿島にだけと思っていたが!?

楽園のポルノグラフティ
御木宏美　illust★しおべり由生

父親達の策略によって出逢わされた篤志と桂。しかし優美な桂に篤志は全ての順序を飛ばして欲情し、甘くて熱い喘ぎを求め!?

悦楽共犯者
バーバラ片桐　illust★桜城やや

取り調べに現れたのは、失恋の傷を甘美な快楽で宥めてくれた男――。容疑者と検事としての再会が、二人の運命を狂わせ…!?

通信販売のお知らせ

ハイランドでは、既刊本について通信販売を受け付けています

小説ラキア①～④	定価840円
⑤・⑦・⑩～⑰	定価970円
小説ラキア2001年夏号～	定価760円
小説ラキアS・EX②・③	定価760円
ラキアノベルズ	定価893円
ラキアS・EXノベルズ	定価893円
ラキアコミックス	定価630円

※定価は本体価格に消費税(5%)が加算されています。

お申し込みは郵便振替にてお願いします。郵便局の払込取扱票に、以下の必要事項を記入して代金をお振込ください。

口座番号：00130-3-122604
加入者名：ハイランド
金額欄：定価(本体価格+税5%)の合計+送料
送料は1冊の場合330円、2冊の場合400円、3冊以上の場合は500円均一です。
通信欄：ほしい本のタイトル(雑誌の場合は年・号数も)冊数を必ず記入してください。
ご依頼人：あなたのご住所・お名前・お電話番号

※発売前の商品はお申し込みできません。
※お申し込み後のキャンセル、変更は一切受け付けておりません。御了承ください。
※お申し込み商品の到着後、落丁本、乱丁本以外の商品のお取替え、返品等はご遠慮ください。
※お申し込みから到着まで約1ヶ月から2ヶ月かかります。万一、2ヶ月以上たっても商品が届かない時には、お手数ですが当社までお問い合わせください。

お問い合せ先

〒162-0825　東京都新宿区神楽坂3-6　丸岡ビル4F
株式会社ハイランド　TEL.03-3269-3421(通販係)

書店注文もできます

書店に注文をすると、通販より早い2～3週間でお手元に届きます(品切れの場合を除く)。送料はもちろんかかりません。ご注文時に、ほしい本のタイトル・冊数・出版社名(ハイランド)を伝えてください。発売予定のノベルズをご希望の方は、書店で予約したほうが確実に入手できます。

HPに通販ページが出来ました

ハイランドHPに、メールで「在庫の問い合わせ&商品のお取置」が出来る通信販売のページが出来ました。お問い合わせいただいた商品は郵便振替にて入金確認後、約一週間でお届けいたします。是非ご利用ください。 http://www.hiland.co.jp

ラキア・スーパーエクストラ・ノベルズを
お買い上げいただき
ありがとうございます。
この本を読んでのご意見、ご感想を
お待ちしております。

〒162-0825 東京都新宿区神楽坂3-6 丸岡ビル
(株)ハイランド
ラキアノベルズ編集部

●初出一覧

タイムアウト	書き下ろし
危険な社員旅行	小説ラキア'02夏号掲載
潤一郎の密かな悩み	小説ラキア'04夏号掲載

タイムアウト
2005年3月1日　第1刷発行

著　者　**剛しいら**

発行者　**小口晶子**
発行所　**株式会社ハイランド**
〒162-0825 東京都新宿区神楽坂3-6
丸岡ビル
TEL:03-3269-3421(営業)
03-3269-3425(編集)

印刷・製本　**株式会社　光邦**

Printed in Japan
ISBN4-89486-348-0　C0093